LE JOUR OÙ JE ME SUIS LAVÉ LA FIGURE DANS LA CUVETTE

Brenda Kearns

Catalogage avant publication de Bibliothèque et Archives Canada

Kearns, Brenda, 1963-
[Day I washed my face in the toilet. Français]
Le jour où je me suis lavé la figure dans la cuvette / Brenda Kearns.

Traduction de: The day I washed my face in the toilet.
Publié aussi en format électronique.
Jour où je me suis lavé la figure dans la cuvette.
ISBN 978-1-927711-06-4 (couverture souple)

I. Titre. II. Titre: Day I washed my face in the toilet. Français.

PS8571.E355D3914 2015 jC813'.54 C2014-908447-1

Autres titres de Brenda Kearns :

Pyjamazoo
Claudine ne fait jamais rien de mal
Pop-corn et perroquets

English Editions:

Home
The Day I Washed My Face in the Toilet
Sleepover Zoo
There's Nothing Wrong With Claudia
Parrots and Popcorn

Ediciones en español:

El día que me lavé la cara en el inodoro
Fiesta de pijamas en el zoológico
No hay nada malo con Claudia
Pericos y palomitas de maíz

Ce livre est dédicacé à Jean Leblon, gentil traducteur, que je remercie d'en avoir facilité la rédaction.

TABLE DES MATIÈRES

Chapitre 1

On l'appelle le Jeune Dingue

Édouard était tout nu, comme d'habitude, sauf qu'il portait comme toujours un foulard à pois qui lui servait de masque pour les grandes occasions. Il s'était posté à la fenêtre de la salle de bains d'en haut, l'étroite petite fenêtre au-dessus du w-c, ce qui aurait dû m'épargner les pires moments du spectacle. Pas de chance ! En grimpant sur le w-c et en tournant le dos à la fenêtre, il pouvait coller son derrière contre la vitre, et me le montrer (ainsi qu'à tout passant qui lèverait les yeux). Puis il s'accroupissait, se retournait et saluait, le Jeune Dingue avec son masque à pois, avant de recommencer depuis le début son numéro de Je-suis-un-abruti.

Mon derrière... pois... mon derrière... pois... Si seulement quelqu'un pouvait inventer un médicament qui guérirait mon frère de ce qui ne va pas chez lui, il gagnerait des millions.

« Oh, tout ira bien pour eux tout seuls dans l'avion, a dit Maman, Monica a 14 ans maintenant, elle peut surveiller Édouard… n'est-ce pas, Monica ? » Maman me regardait en souriant, mais pas vraiment d'un franc sourire. C'était son faux sourire pincé. C'était son sourire qui voulait dire *Si la vieille Mme Frieson voit ce qu'Édouard fait à la fenêtre, elle va encore avoir une attaque.*

« D'ailleurs, ça ne fait que huit heures d'ici à l'Angleterre, il va sans doute dormir pendant la plupart du trajet, » a-t-elle ajouté en hochant la tête tant qu'elle pouvait pour essayer de me convaincre.

Mon derrière... pois... mon derrière... pois...

« Bien sûr, Maman, ai-je dit, il n'aura pas de mal à se tenir tranquille pendant huit heures, pourvu qu'on le tue d'abord. »

D'accord, c'est ce que je voulais dire. Au lieu de ça, j'ai souri, ma propre version du faux sourire pincé, en me glissant tout doucement sur la gauche pour essayer de mettre Mme Frieson entre moi et la fenêtre, et le Jeune Dingue derrière elle. Pour faire comme moi, Maman se glissait lentement le long du trottoir à côté de moi. On aurait dit une scène dans un spectacle d'animaux sauvages où un prédateur tourne lentement autour de sa proie… sauf que ces prédateurs-là étaient deux idiots au sourire ridicule et que la proie était un vieille dame de 82 ans, en cours de calvitie, courbée sur un déambulateur.

Mon derrière... pois... mon derrière... pois...

« Eh bien, je ne pense pas que ce soit malin de laisser des enfants voler si loin tout seuls, » dit Mme Frieson. Elle a lancé un regard furieux sur mes pieds qui s'agitaient et elle a déplacé son déambulateur pour nous faire face de nouveau.

« Maman, ai-je dit, va aller là-bas dans un jour ou deux, après sa dernière opération. Et nous allons loger chez ma grand-maman. Tout ira bien. »

Maman est infirmière en gastroentérologie infantile. Cela veut dire qu'elle s'occupe des enfants après que les médecins ont farfouillé leur ventre pour faire marcher leurs intestins comme il faut. Je vous fais grâce des détails.

Mon derrière... pois... mon derrière... pois...

« Mais où habite votre grand-mère ? Est-ce près de l'aéroport ? Comment pourrez-vous la trouver ? C'est ridicule ! »

Madame Frieson insistait en frappant le trottoir de son déambulateur. Je ne l'avais pas vue si irritée depuis le jour où elle avait trouvé dans la boîte aux lettres la collection d'araignées mortes d'Édouard.

Si j'avais eu le courage, je lui aurais dit que cela ne la regardait pas. Après tout, elle n'est que notre propriétaire. Mais je n'avais pas le courage. Et elle est notre propriétaire.

« Elle habite une petite ville qui s'appelle Old Warden, près de Bedford, a dit Maman, et elle les prendra à l'aéroport. Pas de problème. »

Le faux sourire de Maman s'est éteint subitement dès que la fenêtre de la salle de bains s'est ouverte.

« En fait, Old Warden n'est pas une ville, c'est un village ! » a crié Édouard à travers son foulard à pois, sa maigre poitrine pendant à la fenêtre. Bien que la puberté le traite incroyablement bien, Édouard ne serait jamais du genre Tarzan.

« En Angleterre, un groupe de maisons s'appelle un hameau. S'il y a une église, ça s'appelle un village. S'il y a un marché, ça s'appelle une ville. S'il y a une cathédrale, ça s'appelle une grande ville. »

Mme Frieson fixait Édouard d'un regard absent comme tout le monde fait quand il commence à débiter des faits. S'il y a quelque chose de pire qu'un jeune dingue, c'est un jeune dingue dictionnaire ambulant.

Tout à coup, ses yeux s'ouvrir tout grands. « Est-ce que ce garçon est tout nu ? » demanda-t-elle.

« Eh bien...oui... il est... il est un peu précoce, » a dit Maman. Comme si nous nous étions fait signe, Maman et moi nous sommes précipitées vers la porte d'entrée. « Il faut que j'aide ces enfants à faire leurs valises, a dit Maman par-dessus l'épaule, bon week-end ! »

« Précoce ! Qu'est-ce que ça veut dire, ça ? » a demandé Mme Frieson à haute voix.

« Ça veut dire qu'il est enquiquinant, » ai-je grommelé en fermant la porte à clef derrière moi.

Maman est montée en courant à la salle de bains pour dire à Édouard de s'habiller. Sérieusement, combien d'enfants de dix ans connaissez-vous qui ont besoin qu'on leur dise de porter des vêtements ? S'il n'était pas un si bon joueur d'échecs, je l'aurais noyé dans la baignoire il y a des années.

J'en avais eu assez de cette comédie ; je suis allée dans ma chambre pour faire ma valise. Grave erreur.

L'odeur de laque m'a coupé le souffle. Une bonne chose, sans doute, parce que ce que je voulais dire ne m'aurait sans doute pas valu de bons points auprès de Maman « Tâchez-donc-de-vous-entendre, aujourd'hui ». Vous avez entendu parler d'entrer dans une pièce dans laquelle on dirait qu'une bombe a éclaté ? Eh bien, une bombe avait éclaté, une bombe de soutiens-gorges. Il devait bien y en avoir une douzaine éparpillés sur tout le plancher… plus un, rose vif, qui pendait sur ma chaise de bureau. Ma chaise de bureau à Moi. Et debout au milieu de toute cette pagaille, se tenait Shelley portant le seul soutien-gorge qu'elle n'avait pas lancé à travers la pièce comme un frisbee.

« Plus aucun de ces stupides machins ne me va ! » criait-elle en battant des ailes au-dessus de sa collection de soutiens-gorges abandonnés. « Qu'est-ce que je dois faire maintenant ? »

« Ce n'est pas à moi qu'il faut demander ça, » ai-je grommelé entre les dents. J'en ai pêché un de mon pied et l'ai envoyé contre son lit (Il m'a semblé que cela ajoutait un beau petit effet dramatique, en fait).

D'accord, je suppose que j'aurais pu être plus gentille. Cela ne devrait pas être facile d'avoir La Poitrine Gonflante Incroyable. Cette année-ci, Shelley venait d'atteindre officiellement le haut de l'échelle de l'attrait sexy. Bientôt elle entrerait dans la phase de la « vache aux formes généreuses ».

Mais si c'était une source de sympathie qu'elle cherchait, elle se trompait vraiment. Il est vrai que j'achetais enfin des soutiens-gorges de taille normale. Mais mes vieux soutiens-gorges d'apprentissage pourraient sans doute encore me convenir — pas que je veuille me déprimer en essayant — et je n'aurais sans doute aucun mal à courir sans ce soutien, non plus.

C'était comme si la fée des gènes en avait eu marre de partager les choses équitablement quand elle est arrivée dans notre famille et qu'elle avait fendu le filon mère exactement au milieu sans réfléchir un seul moment. Gros nichons pour Shelley… poitrine plate pour moi… jambes longues et minces pour Shelley… jambes boulottes pour moi… cheveux blonds et brillants pour Shelley… cheveux châtain crêpelés pour moi… teint parfait pour Shelley… la plus grande distinction à l'école pour moi.

D'accord, ce n'était donc pas entièrement mauvais. Mes jambes boulottes et moi avons reçu le prix de science en classe de 8ème cette année, alors qu'il était presque sûr qu'après le lycée, Shelley et ses nichons ballons allaient finir par travailler dans un fast-food quelconque. Mais une fois (juste une fois), j'aimerais bien m'inquiéter de savoir si un type s'intéresse à moi seulement parce qu'il me trouve jolie. Sérieusement. Une seule fois.

J'ai viré court sur ma droite pour me diriger vers ma moitié de la chambre, en retenant mon souffle pour éviter les émanations de laque jusqu'à ce que je puisse ouvrir la fenêtre. Ensuite j'ai empoigné le soutien-gorge qu'elle avait jeté sur ma chaise, ma chaise ! et je l'ai envoyé voler sur son lit. Les grands planent étonnamment bien.

Ce n'est pas que Shelley l'avait remarqué. Elle était maintenant déchaînée, elle farfouillait dans son chiffonnier gonflé à bloc qui débordait, tout en grommelant à voix basse.

Mais très fort à voix basse, bien sûr… une des devises de Shelley : si vous voulez vous plaindre, il est important de parler clairement pour qu'on vous entende même si on ne veut pas.

« Ça, c'est des dessous de vieilles dames, » dit Shelley d'un ton plaintif en sortant une paire très ample qu'elle secouait bien fort pour en faire tomber les chaussettes qui s'y étaient accrochées. Les grandes comédiennes aiment l'électricité statique, parce qu'elle ajoute de l'éclat au spectacle.

Je lui ai demandé : « Bon sang, Shelley, nous ne serons là que neuf jours, qui est-ce qui va regarder tes sous-vêtements ? D'ailleurs, tu en aurais des tonnes si tu faisais ta lessive de temps en temps. »

« Aaaarrrggghhhh... Il n'en manque pas ici, mais pas un seul n'est sexy, » a-t-elle dit en balançant une paire de chaussettes mal assorties par-dessus son épaule.

« Nous allons à Londres, je veux avoir l'air sexy ! »

« Nous allons à Old Warden, » ai-je dit entre les dents. « C'est à presque deux heures de Londres, regarde la carte de temps en temps. »

Shelley a commencé à jeter des vêtements dans sa valise, et quand je dis jeté, c'est bien jeté que je veux dire. D'après elle, ça ne servait à rien de plier quoi que ce soit. J'ai ouvert le tiroir supérieur de mon chiffonnier. Soutiens-gorges à gauche, slips bien empilés au centre, chaussettes bien rangées à droite. Pourquoi Shelley ne pouvait-elle pas comprendre combien la vie est plus facile quand on peut vraiment trouver les choses, par exemple des chaussettes qui vont ensemble et des soutiens-gorges de la bonne taille ? Comment ne pouvait-elle pas voir que les choses ont plus bel air quand elles sont bien rangées ?

Maman est passée en coup de vent devant la porte, portant la valise d'Édouard.

« Je vous en prie, ne vous laissez pas influencer par Tante

Gay pour emballer les choses de Grand-maman avant que j'arrive, » a-t-elle dit. « Grand-maman est très inquiète à l'idée de déménager dans une maison de retraite, alors je veux arrondir les angles avant de lui demander de faire aucun changement. »

La suivant de tout près, Édouard courait à petits pas précipités, ramassé comme pour bondir à la manière d'un guerrier. Il portait un tee-shirt noir, un short noir, des chaussettes noires et une cape noire. Il avait son vieil arc et un tas de flèches sous le bras (pas de vraies flèches, bien entendu, Maman n'est pas folle, ses flèches avaient une ventouse au bout). Suivant silencieusement Maman, Édouard est passé devant la porte sans même jeter un regard pour voir ce que Shelley et moi étions en train de faire. Il ne quittait jamais des yeux le dos de Maman. Le Gamin Furtif avait sa proie dans le collimateur.

J'ai glissé deux soutiens-gorges, cinq paires de slips et cinq paires de chaussettes dans un coin de ma valise. J'avais bien l'intention de réduire le poids et de me servir de la machine à laver de Grand-maman.

« Bordel ! » Shelley avait ouvert son tiroir à pull-overs d'un coup si sec qu'il lui est tombé sur le pied. Apparemment même les divas doivent pouvoir se retenir.

« Et, s'il vous plaît, ne laissez pas Tante Gay vous accabler d'un tas de corvées en préparation de son mariage, » a ajouté Maman en passant au galop devant la porte avec un tas de vêtements d'Édouard dans les bras. « Franchement je crois qu'elle est folle d'organiser un si grand mariage à 64 ans… C'est ridicule ! » Le Jeune Furtif suivait de près, arc et flèche tout prêts.

J'ai ouvert doucement le deuxième tiroir. Les t-shirts. Tous bien pliés et rangés par couleur, les plus clairs à gauche, les plus foncés à droite. J'en ai sorti un de chaque couleur pour être sûre de m'intégrer dans l'ensemble des invités.

De la chambre d'Édouard, Maman a crié : « Elle a déjà

choisi pour nous les robes assorties des demoiselles d'honneur, vous vous imaginez ? Elle ne vous a plus vus depuis quatre ans. Comment peut-elle penser qu'elle sait… Aïe ! Bon sang, Édouard ! Range ces flèches tout de suite ! » Furtif avait fait mouche.

Troisième tiroir. Les pulls. Les préférés pliés parfaitement à gauche. Trop amples, prémenstruels, à droite les pulls « ne me regardez pas, je me sens laide aujourd'hui ». J'en ai tiré deux de mes préférés, pas de risque de SPM cette semaine et, d'après ce que Maman avait vu à la chaîne météo, il allait faire assez chaud là-bas aussi.

« J'ai horreur de faire les valises, » a grommelé Shelley. Sans blague. Maintenant elle était à quatre pattes sortant des jeans et des chemises sales du fond de la penderie.

« Je ferai la lessive toute la nuit, attendez voir ! » Je n'avais vraiment aucune intention de regarder ça.

Tiroir du bas. Pantalons et shorts. Celui-ci était facile. Les shorts voulaient dire qu'il fallait se raser, se raser beaucoup. Rasage depuis les chevilles jusqu'au bord du slip. Porter des pantalons voulait dire tondre le pire des poils fins ce soir, puis une retouche le jour du mariage de Tante Gay. J'ai choisi mes trois meilleures paires de jeans. C'est fait, sauf pour l'attirail de salle de bains, bien sûr.

Paf!

Il faut bien le dire, Édouard est rapide. J'ai arraché de mon front la flèche de plastique et je la lui ai relancée en me dirigeant dans le couloir. Sans doute y avait-il une chance qu'il me tire dessus une seconde fois. Mais il pouvait aussi bien s'en prendre à Shelley, et je me suis toujours demandé de quoi il aurait l'air avec sa tête coincée dans la cuvette du w-c.

Notre salle de bains… imaginez une toute petite pièce emplie de tout ce qui se vend au rayon de beauté de Walmart et ajoutez-y une quantité de jouets de baignoire à faire vomir Mickey Mouse, et vous aurez une assez bonne idée.

La baignoire était à moitié pleine de vieux jouets délavés, une des nombreuses collections qui obsédaient Édouard et qu'il ne pouvait absolument pas jeter. Avec cela, il y avait les paniers, six en tout, entassés sur l'étroite surface du lavabo, qui débordaient de trucs de Shelley : vernis à ongles, fond de teint et autres soins de beauté. Plus un séchoir, un appareil à défriser (pour quand elle hait ses cheveux parce qu'ils sont trop bouclés), un fer à friser (pour quand elle hait ses cheveux parce qu'ils sont trop raides), brosses, peignes, gels, barrettes... Sérieusement, si vouliez savoir la couleur du dessus du lavabo, il vous faudrait une pelle.

Maman et moi avons chacune un tiroir. Cela nous suffit. Ce dont j'avais absolument besoin c'était ma pince à épiler. Sans ma pince, j'aurais des gros sourcils de fourrure, comme si un furet mort s'était allongé sur mon front.

En vitesse, j'ai emballé brosse, bandeaux, savon… vous connaissez le système, puis je suis descendue. Ma brosse à dents attendrait bien que j'aie fini de déjeuner demain. Jusqu'à ce moment-là, je la laisserais bien en place à son endroit habituel au fond de mon tiroir. Et en fait, ce n'est pas si bête que cela en a l'air. J'admets que la plupart des gens laissent leur brosse à dents sur le lavabo, mais pensez-y donc : il y a une cuvette dans la salle de bains et chaque fois que quelqu'un tire la chasse, des bactéries flottent dans l'air. Cela ne vous dérange pas que votre brosse à dents soit exposée à une pluie d'eau de cuvette ? C'est dégoûtant. Non, la mienne reste cachée au fond de mon tiroir. La mienne reste propre, merci.

Pan! Pan! Pan! Pan!...

J'ai dévalé les dernières marches de l'escalier juste à temps pour voir Maman ouvrir la porte d'entrée toute grande. C'était

Mme Frieson. Ses cheveux, ce qu'il en restait en tout cas, étaient dressés sur sa tête sous l'effet du vent. Elle avait la figure rouge vif. Son vieux tricot informe glissait de ses épaules, elle s'accrochait d'une main à son déambulateur et de l'autre, elle pointait vers ma mère un doigt crochu. Elle n'avait plus l'air d'être sur le point d'avoir eu une attaque, elle avait l'air d'en avoir eu une.

« Ce gamin à vous est sur le toit, a-t-elle bafouillé, et il est encore tout nu ! »

Chapitre 2

Le jour le plus long de ma vie

Faire descendre Édouard avait été étonnamment facile. Shelley et moi nous étions mises d'accord, pour changer, pour que Maman appelle les pompiers et leur dise de le chasser du toit en l'arrosant à la lance. Vu tous les ennuis qu'il avait causés lors de la sortie de sa classe à la caserne des pompiers, il est probable qu'ils auraient fait ce qu'elle leur demandait. (Avis N° 1 à tous les frères abrutis : quand votre classe fait une sortie éducative, n'interrompez pas le guide à tout bout de champ pour débiter des données historiques, et ne poussez jamais, au grand jamais le bouton du détecteur de fumée de la caserne.)

Cependant à la fin, Maman n'a rien voulu entendre et elle a fait ce qu'elle fait d'habitude quand Édouard exagère. Elle a pris son air furieux, celui qui lui fait une ride bizarrement profonde entre les sourcils, et elle lui a sifflé, je dis bien sifflé, de descendre du toit. Certes Édouard est un étrange petit cinglé, mais il n'est pas bête. Même lui sait que quand Maman a sa ride au front et qu'elle siffle, on fait vachement mieux de comprendre ce qu'on a fait de mal, et de le défaire, vite.

Alors me voilà, juste un jour plus tard, essayant de survivre au pire vol de huit heures que j'aurais à subir tout le reste de ma vie. Pour dire vrai, c'était le seul vol que j'avais subi jusqu'alors. Mais j'étais déjà bien sûre que si j'allais encore quelque part en avion… pour toujours… même si l'avion s'écrasait en un terrible brasier dans l'Arctique et nous étions mangés vivants par des ours blancs, aller en Angleterre en avion resterait la pire aventure de ma vie.

Vous me croyez mélodramatique ? Eh bien, vous vous trompez. Je ne tiens vraiment pas à m'éterniser là-dessus, alors je vous ferai un rapport rapide, vous pourrez ajouter les détails sordides vous-même.

02h45

Maman nous a réveillés. Pas de sa voix mielleuse habituelle qui dit « *Debout là-dedans... C'est l'heure de l'école.* » Non, cette fois-là elle a pris sa voix du genre « *Bon Sang ! Je n'ai pas entendu le réveil ! Levez-vous MAINTENANT.* » La voix qui fait passer des remous d'adrénaline dans tout mon corps. La voix qui me fait sauter du lit dans l'espoir que la position debout fera taire le bruit. La voix qui pourrait réveiller les morts, bien qu'elle ne réveille pas Shelley. Elle ne la réveille jamais.

Quand j'avais fait mon lit, m'étais lavé la figure et habillée, Shelley, eh bien… n'avait rien fait. Elle était toujours en boule sous les couvertures. Alors, Maman a mis en marche son plan de réserve. Elle s'est penchée sur Shelley et a dit : « Lève-toi tout de suite, sinon j'envoie Édouard pour te réveiller. » Ça a marché à merveille. Comme toujours.

04h00

Des au-revoirs larmoyants à l'aéroport. Larmoyant pour Maman, en tout cas.

Édouard n'a pas eu le temps de pleurnicher. Il était trop occupé à faire l'inventaire de ses affaires, en s'assurant qu'il avait bien emballé tout ce dont il pouvait avoir besoin pendant un vol de huit heures. Franchement, je pensais qu'il en emportait suffisamment pour un vol de 80 heures.

Shelley n'était pas particulièrement émue non plus. Elle était trop occupée à regarder ce que les gens portaient et à faire des commentaires sur ceux à qui on n'aurait pas dû permettre de s'habiller tout seuls. Spirituelle ? Pas vraiment, vu de quoi elle avait l'air. Elle avait été si groggy, si furieusement pressée de s'habiller qu'elle avait mis son tee-shirt à l'envers.

Non, la seule qui pleurait c'était Maman, et en tirant de sa poche des Kleenex chiffonnés, elle nous a mitraillés d'une série interminable de questions. Et devinez qui était la seule à l'écouter ? Juste, c'était moi.

— Monica, es-tu sûre d'avoir les chèques de voyage ?

— Oui.

— Et je t'ai donné le numéro du poste de l'infirmière, au cas où tu aurais besoin de m'appeler ?

— Oui.

— Et tu appelleras aussitôt que vous arriverez chez Grand-maman pour que je sache que vous êtes OK ?

— Oui.

— Et tu ne laisseras pas des étrangers te faire du plat dans l'avion ?

— Oui.

Bon, je ne l'écoutais vraiment pas, non plus.

Tout à coup, un grand bruit de grincement a fait que Maman s'est retournée d'un coup. Édouard était accroupi, le dos appuyé contre le distributeur d'eau fraîche. Il avait son grand taille-crayon à piles coincé entre les jambes et il avait déversé son plus grand paquet de crayons en tas par terre, il devait bien y en avoir une centaine. Il les taillait au plus fin et les fourrait dans son bagage à main aussi vite que ses maigres petits bras pouvaient fonctionner.

Nous trois, moi, Maman tenant ses Kleenex déchiquetés, et la Déesse Dernière Mode dont les étiquettes de tee-shirts dépassaient, restions là plantées. Muettes. Il faut comprendre qu'Édouard fait beaucoup de choses étranges et je le répète, il fait beaucoup de choses étranges. Mais ceci était bizarre, même de sa part. Édouard ne jetait jamais rien. Et il ne bourrait jamais rien. Il triait, il classait, il planifiait, il organisait... il n'avait que dix ans, mais il était déjà Monsieur Maniaque.

Tout à coup, Maman s'est penchée vers moi en baissant la voix. Elle avait l'air quasi... désespérée.

« Écoute, a-t-elle dit, je sais que tu veux vraiment aller au camp scientifique en août. Et je sais que j'ai dit non. Mais tu es la seule en qui je puisse avoir confiance pour que ceci marche bien. »

Elle a jeté un regard vers Édouard et Shelley et s'est approchée de moi encore plus, ce qui fait que nous étions presque nez-à-nez. « Tu fais en sorte que ces deux-là font le voyage sans encombre, tu m'aides à faire entrer Grand-maman dans la maison de retraite, et je t'inscris pour tout le mois d'août. Je ne m'inquiète même pas de ce que ça coûte. »

Mon cœur a fait un bond. C'était mon plus beau rêve, un mois (un mois entier !) au camp dans le nord à faire des expériences loufoques en compagnie de douzaines d'autres fous de science. Quatre semaines entières sans Édouard ni Shelley. Quatre semaines entières entourée de gens comme moi et me sentant à ma place en leur compagnie. J'étais au paradis.

05h00

Les hôtesses de l'air ont fait leur topo à propos de ce qu'il faut faire en cas d'accident (bizarrement elles ne mentionnent jamais pisser dans ses pantalons, qui est ce que moi je ferais certainement). Ensuite le pilote a annoncé qu'il y aurait sans doute des zones de turbulence, mais qu'il « s'attendait à ce que le vol soit agréable ». Alors… eh bien l'avion a décollé.

Pas de problème, vrai ?

05h21

Faux. Vous connaissez ces petits sacs à vomi qu'on vous dit d'utiliser si vous vous sentez mal ? Pas assez volumineux pour quelqu'un qui a pris le Spécial Petit Déjeuner au restaurant de l'aéroport avant d'embarquer.

« Je me sens vachement mal, » a marmonné Shelley en s'effondrant de l'avant sur son siège. « Je crois que je vais encore être malade. »

En fait, elle avait l'air vachement mal en point. Vomir, bruyamment et dramatiquement, ajouterais-je, n'avait pas fait de bien à son teint.

« Il me semble que tu as l'air bien, » lui ai-je dit. Ce n'était pas vraiment un mensonge, quand on y pense, parce que « bien » est un terme vague. Et probablement qu'elle aurait paru plus mal en point si elle avait été renversée par un camion.

Édouard n'avait pas l'air affecté par l'Incroyable Sœur Dégobilleuse, et les turbulences ne le dérangeaient pas du tout non plus. En fait, on aurait dit que ça l'amusait.

« Tu aimes bien celui-ci ? » a demandé Édouard, c'est une chèvre. » Oui, Édouard avait fabriqué une chèvre, une petite chèvre en origami pas plus grande qu'une pièce de vingt-cinq cents. Je me couperais la langue avant de l'admettre tout haut, pourtant je dois dire qu'il n'était pas un simple abruti, c'était un abruti assez doué. Son bureau, son placard, sa bibliothèque… toute sa chambre était décorée d'animaux en origami, et au cours des quelques dernières années, il avait appris à les faire de plus en plus petits en utilisant un papier mince spécial et de minuscules pinces à épiler pour tenir les petits morceaux pendant qu'il travaillait.

Pour le voyage, Édouard avait choisi comme thème les animaux de la ferme et quand Shelley trébuchait en l'enjambant pour aller aux toilettes, elle ne l'interrompait pas une seule seconde. Il avait déjà terminé trois tout petits sujets en origami : un cheval, un canard et maintenant une chèvre. Chose bizarre cependant : ses mains tremblaient un peu et cela gâchait sa technique. Tout ce qu'il avait fait ressemblait à une vache enflée.

« C'est joli, Édouard, est-ce que tu peux faire un mouton maintenant ? » Cela m'était bien égal qu'il fasse un mouton, un âne ou un paresseux à deux têtes, du moment qu'il restait occupé pendant les huit heures suivantes.

Édouard était penché en avant sur son siège, sa jambe gauche se balançant sans arrêt pendant qu'il travaillait éperdument à ses minuscules carrés de papier. Une autre vache enflée allait naître. Cela lui prendrait au moins dix minutes. Mais le balancement de la jambe était nouveau et devenait vite agaçant.

08h00

Les turbulences avaient duré trois heures sans interruption. Cela faisait 180 minutes. Ou 10 800 secondes si on veut parler en termes techniques. C'est ce que je faisais, pour parler franchement. Shelley avait pris un teint gris pâle bizarre. Et ses cheveux luisaient de sueur et lui collaient à la tête. Et son haleine...

« Pouah, a-t-elle gémi, je me sens malade encore une fois. »

« Peut-être que tu devrais rester aux toilettes un moment... jusqu'à ce que tu te sentes mieux. Tu pourrais prendre ta brosse à dents. » Oui, je faisais allusion. Qui ne l'aurait pas fait ? Elle avait la pire haleine de vomi, c'était comme un nuage d'acide qui me passait sous le nez chaque fois qu'elle expirait.

Shelley a eu un haut-le-cœur et a quitté son siège en chancelant. Elle a rampé sur moi et Édouard, puis elle est partie dans l'allée en titubant. De toute évidence, lui laisser la place à la fenêtre était une erreur, mais maintenant personne ne voulait changer de place avec elle, vu l'incident du sac à vomi trop petit.

Dans les allées, tout le monde se précipitait pour l'éviter (le bruit avait couru que la jeune fille à la poitrine plantureuse avait un estomac fragile), de sorte qu'elle a atteint les toilettes à temps. Mais sans sa brosse à dents. Du coup, mes fortes pastilles à la menthe n'allaient pas me venir en aide, à moins que je me les enfonce dans le nez.

Encore cinq heures, cinq longues heures, et nous serions en Angleterre. Tout à coup, la jambe d'Édouard a sursauté et il m'a donné un coup de pied dans le tibia.

« Qu'est-ce qui te prend ? » ai-je demandé.

« Je ne sais pas. Je me sens tout drôle. » Il l'a dit drôlement aussi, un peu trop fort, un peu trop aigu. Quelque chose n'allait pas bien chez lui. J'en ai eu un haut-le cœur à mon tour. Ne pouvaient-ils pas voler plus vite que ça ? Si seulement je pouvais le livrer à Grand-maman avant que n'arrive tout ce qui était sur le point d'arriver, je serais tirée d'affaire.

L'Haleine à Vomi est revenue des toilettes en titubant, elle est tombée sur nous en passant et s'est affalée sur son siège. Elle a déchiré le paquet en aluminium qu'elle portait, en a sorti un comprimé et l'a avalé de force.

Je lui ai demandé ce qu'elle venait de prendre.

« Je ne sais pas… Gravol ou quoi. C'est l'hôtesse de bord qui me l'a donné. »

« Maintenant on les appelle hôtesses de l'air, » a lâché Édouard. « Vous savez, c'est amusant quand on y pense, les premières hôtesses de l'air étaient en réalité infirmières. Les hommes n'étaient pas autorisés. Elles étaient obligées de prendre leur retraite à 32 ans, ne pouvaient pas se marier ni avoir d'enfants, ne pouvaient pas grossir, et puis elles se sont syndiquées et… »

Constat de désastre : la voix d'Édouard devenue plus aiguë et rapide. Jambe gauche plus active. Et ses bras ne tremblaient-ils pas maintenant ? Oui, ils tremblaient. À l'aide !

08h05

Notre hôtesse de bord, pardon, notre hôtesse de l'air, est apparue. Elle a dit en souriant : « Ah, je vois que le Gravol a fait du bien à votre sœur. » Sans blague. La tête de Shelley reposait sur son épaule droite, la plus proche de moi, bien sûr. Elle avait les yeux à moitié fermés et la bouche ouverte. Elle n'était pas morte, c'était sûr, elle ronflait bruyamment et m'empoisonnait de son haleine à vomi, mais au moins, elle n'allait pas dégobiller pour le moment.

« Et votre frère est, euh… » Elle souriait toujours, mais maintenant c'était un de ces faux sourires qui, on le voit bien, va disparaître dès que vous tournez le dos.

Édouard. Il s'acharnait sur une autre vache enflée. Mais il avait, dépassant de ses cheveux châtains ridiculement frisés, tous les animaux en origami qu'il avait faits pendant les trois dernières heures. Des vaches, il devait bien y en avoir 20, sortaient sous toutes sortes d'angle. Certaines d'entre elles avaient été écrasées quand il les avait forcées dans ses cheveux, des vaches enflées qui avaient trouvé la mort dans une mer de boucles brunes.

J'étais pour le moins stupéfaite. Édouard ne laissait jamais mutiler ses origamis, il avait toujours les premiers qu'il avait façonnés quand il était en deuxième (plus de 30, collés à même le dessous de son lit pour que Maman ne puisse pas les jeter). Et maintenant des vaches mutilées pendillaient de sa chevelure comme des confetti de basse-cour. Quoi que ce soit qui lui arrive, même Gravol ne servirait à rien.

08h06.

Trouvé ce qui lui arrivait.

« Je me sens un peu bizarre, » dit Édouard and se tortillant sur son siège, « je n'aurais pas dû boire ce café, je suppose. »

« Ce quoi ? » Soudain, tout s'expliquait. C'était terrible, écœurant.

« Eh bien oui… Maman avait beaucoup de café qui restait dans la cafetière ce matin et elle m'a dit de le jeter pendant qu'elle mettait les valises dans la voiture. » Édouard a dit cela essayant d'avoir son air le plus convaincant de « ce n'est pas de ma faute » (mais n'y arrivant pas, dirais-je). « J'ai pensé que je pourrais l'essayer, tu vois. Et ce n'était pas mauvais du tout, une fois que j'avais ajouté beaucoup de lait et de sucre. » Voilà maintenant que ses bras faisaient des drôles de mouvements : ils se convulsaient, en vérité. Édouard, le gamin qui est normalement si surexcité qu'il ne cesse de bouger, le voilà dopé à la caféine.

C'en était trop. J'avais besoin d'aide. Je me suis tournée vers Shelley et je lui ai envoyé un coup droit. Fort.

« Aïe ! » a-t-elle fait en roulant les yeux vers le ciel et laissant couler un filet de bave le long de son menton. Si elle avait bougé encore moins, elle aurait pu être classée naine de jardin.

« Écoute, » ai-je dit en me tournant vers Édouard qui se balançait sur son siège en fredonnant. « Est-ce que tu ne pourrais pas rester tranquille encore deux heures… »

Tout à coup, Édouard a écarquillé les yeux. Il a glapi : « Les toilettes appellent » et il s'est mis à courir le long de l'allée, les vaches enflées dansant dans ses cheveux.

La caféine était entrée en action, vraiment en action. Le voyage ne pouvait pas être plus désagréable.

10h15

D'accord, je me trompais. Maintenant la Reine Dégobilleuse et le Roi Diarrhéique se précipitaient sur les toilettes chacun à son tour. Et quand ils étaient revenus à leur place, ils m'informaient, à haute voix, du fait qu'ils allaient mourir. Shelley, apparemment, pour cause de déshydratation, Édouard par explosion des entrailles.

J'ai tenté de le rassurer : « Tes intestins ne peuvent pas exploser. » Et ce n'était pas la première fois.

Il se plaignait : « Écoute comme ils gargouillent. Oh ! Qu'est-ce que j'ai fait ? Et mon pouls… Oh ! Mon pauvre cœur ! » Il avait été transformé en deux heures à peine, en un hypochondriaque complet.

11h10

Alors que je dévisageais Édouard et que je voyais la caféine suinter par ses pores, le grand sourire de l'hôtesse est apparu à mes yeux. Elle a demandé : « Est-ce que tout va bien ici ? » de sa voix enjouée.

J'ai soupiré. La seconde dose de Gravol avait de nouveau assommé Shelley, alors j'en étais réduite à mes propres moyens.

« Non, ça ne va pas bien. Mon frère a ingurgité un tas de caféine ce matin et si je n'arrive pas à le distraire, il va faire un malheur. »

Apparemment, j'avais fait mouche. Son grand sourire s'est figé, et elle est restée muette quelques instants. Elle avait remarqué l'obsession de l'origami chez Édouard. Elle l'avait surpris en train de réarranger le chariot à boissons pour que tout soit dans l'ordre alphabétique. Elle avait répondu à ses questions, ses très nombreuses questions comme où va l'eau des toilettes, comment circule l'air dans l'avion et comment les oreillers et couvertures sont désinfectés. Elle lui avait même montré où elle mettait les déchets, quand il s'était inquiété à la pensée qu'elle les jetait peut-être par un hublot.

Personnellement, j'aurais préféré mettre ma tête dans un sac plein d'anguilles vivantes que de passer encore trois heures avec une version caféinée d'Édouard, et elle aussi, j'en suis sûr.

« Qu'est-ce qu'il vous faut ? » a-t-elle demandé. « Je ferai tout ce que je peux. » Sa voix enjouée avait disparu. C'était maintenant sa voix genre « Votre prix sera le mien. »

J'ai répondu : « Il adore manger ; si on le nourrit sans arrêt, peut-être qu'il se calmera ou bien il ne parlera plus autant, au moins. Et il sera assis. »

Petits gâteaux, lait, jus, fromage et biscuits secs, cocktail de fruits, glace, cookies… Je ne m'étais pas rendu compte de la quantité de nourriture qu'il y a dans les avions, ni de la quantité qu'Édouard pouvait absorber.

On pouvait croire que notre hôtesse avait fait savoir autour d'elle que le gamin avec les vaches dans les cheveux était mal équilibré, parce que toutes les hôtesses, l'une après l'autre se sont présentées au moins une fois pour offrir une friandise destinée à calmer les Dieux de la Caféine. Édouard pouvait à peine suivre le rythme tout en continuant de travailler à son origami, vérifiant son pouls, et de temps en temps faisant un sprint jusqu'aux toilettes.

12h00

« Sérieusement, Monica, c'est le plus beau jour de ma vie ! De toute ma vie ! » a dit Édouard (qui m'a fait me demander si nous étions de la même famille). L'avalanche de nourriture l'avait empêché de faire des bêtises pendant presque deux heures, mais il parlait toujours trop fort, trop grinçant et trop saccadé… en plus, il avait un drôle de tic aux yeux maintenant, et ses muscles étaient si tendus qu'il donnait l'impression de vibrer. Son origami en souffrait aussi. Il m'avait déclaré que son dernier était un poulet et il avait refusé de me parler pendant 20 minutes après que je lui avais dit que cela ressemblait plutôt à un animal écrasé sur la route. C'était là pour moi, comme vous pouvez le deviner, les 20 meilleures minutes de tout le vol.

D'un bond, Édouard s'est redressé sur son siège. Il a crié : « On est là ! On est arrivé ! » en sautant frénétiquement sur son siège.

Il avait raison. Nous étions en train de tourner autour de Heathrow. Et pour la première fois depuis des heures, je sentais que je pouvais enfin souffler de soulagement. Bientôt nous atterririons et je livrerais ma droguée de sœur trempée de vomi et mon surexcité de frère trempé de caféine à Grand-maman Flo.

Nous n'avions pas vu Grand-maman depuis près d'un an, et je dois dire que je ne m'étais jamais réjoui à la pensée de revoir quelqu'un autant que je me réjouissais de la revoir.

12h58

Cela a pris un temps fou pour toucher terre (OK, 19 minutes, mais on aurait dit une éternité). Il me fallait alors trouver la sortie, trouver l'endroit de livraison des bagages, trouver nos valises… tout cela en traînant Shelley derrière moi et m'efforçant d'empêcher Édouard de courir de l'avant. D'une manière ou d'une autre, j'ai réussi à changer l'heure à ma montre, il était presque 6 heures du soir à l'heure anglaise. Dieu merci, le pire jour de ma vie touchait à sa fin. Et j'allais très bientôt être récompensée par quatre semaines bienheureuses au camp de science.

Après le dernier tournant, on les a vus : des foules et des foules de gens venus pour cueillir des passagers. Et quelque part dans ce monde fou il y avait notre Grand-maman Flo qui allait me succéder et remettre le calme dans ma vie, rendre ma vie normale.

Tout à coup, Édouard s'est figé sur place, bouche grande ouverte mais étrangement silencieux. Et Shelley s'était figée contre lui, les yeux si écarquillés qu'elle avait l'air électrocutée.

Ils regardaient fixement la foule. Ils fixaient une dame qui nous faisait des grands signes. Une petite vieille dame aux cheveux gris, en pantalons et bottes rouge vif, avec un tee-shirt blanc éblouissant qui disait (en lettres rouge vif en travers de sa poitrine massive) : « Bienvenue à Titty Ho ! »

C'était Grand-maman Flo.

Chapitre 3

Cheveux en flammes et pipi en public

Je ne me souviens plus exactement d'avoir livré mes frère et sœur à Grand-maman, elle a dû s'apercevoir de mon air crevé et a pris tout de suite la relève. Quelques minutes plus tard, nous avions échappé à la foule de l'aéroport et nous étions confortablement installés à l'arrière d'un taxi.

« C'est fabuleux ! » s'est exclamé Édouard comme nous brûlions un feu jaune.

J'ai réprimé un cri. Non pas parce que le feu était jaune ; il se fait qu'en Angleterre, les feux de signalisation passent au jaune avant de passer au vert. Cela veut dire « il est temps de se mettre en route » et non « il est temps de freiner, » comme ça veut dire chez nous.

Non, j'ai réprimé un cri parce que nous roulions du mauvais côté de la route. Même si j'habitais l'Angleterre le reste de ma vie, je ne m'habituerais jamais au fait qu'ils roulent du mauvais côté de la route

Vlan ! Aïe. Nous avions encore tourné. Chaque fois que nous tournions, je me cognais la tête contre la vitre à côté de moi. Et cognais fort. Le chauffeur ne considérait pas l'usage des freins, même quand il contournait un coin de rue.

Vous pensez que j'exagère ? Eh bien, imaginez la scène : le sac de Shelley ouvert était tombé à ses pieds lorsque la voiture a fait une embardée en sortant du parking de l'aéroport ; brillant à lèvres, eye-liner, mascara, barrettes... tout s'est échappé. Et elle n'avait fait aucun effort pour ramasser ses affaires. Pourquoi ? Parce qu'elle était trop occupée d'une main à s'accrocher à la poignée de la portière, et de l'autre au bras d'Édouard. La Reine des Cosmétiques avait tant de mal à se tenir droite qu'elle avait abandonné ses produits de beauté. C'est la vitesse à laquelle nous nous déplacions.

« C'est fabuleux ! » s'est de nouveau exclamé Édouard. De toute évidence, j'avais mal choisi ma place. J'avais coincé Édouard entre moi et Shelley pour échapper à l'Haleine au Vomi. Mais maintenant, lui, il bondissait entre nous deux comme une balle de tennis matelassée, alors que moi, je rebondissais sur une vitre épaisse.

Vlan ! Encore un tournant à gauche. Un rouge à lèvres a roulé près de mon pied. « Alors, Monica, est-ce que tu aimes bien la chemise de ta mamie ? » a demandé le chauffeur de taxi. Il souriait par-dessus l'épaule et je ne le mentionne que parce qu'il lui manquait quelques dents. En fait, beaucoup de dents ; il en avait à peu près quatre en haut et quatre en bas. On aurait dit une gerbille.

« Heum… Je… c'est que… » Oui, c'était moi. La Reine de la Bonne Grammaire. En juin, j'avais reçu la meilleure note en anglais. Maintenant, on était en juillet et je ne pouvais même pas répondre à une simple question par un oui ou un non.

Il a éclaté de rire. « Vous savez que sa chemise est une blague, n'est-ce pas ? Titty Ho est le nom d'une rue de Raunds, une ville à une demi-heure à peu près de la maison de votre mamie. Je lui ai offert cette chemise pour qu'elle puisse faire enrager votre tante Gay ! »

J'ai regardé Grand-maman, elle gloussait et hochait la tête. Ses mentons (elle en avait deux) frétillaient.

« Clyde est mon voisin, » a-t-elle dit, montrant du doigt la gerbille sur le siège avant. Puis elle s'est penchée de l'avant et a dit tout bas : « C'est un idiot de vieux bouc, mais très gentil, il a échangé des périodes de travail avec un autre gars pour pouvoir nous ramener de l'aéroport. »

Ensuite elle s'est renfoncée dans son siège, elle a ajusté sa chemise de telle sorte que les termes « Titty Ho » couvraient bien ses... eh bien, vous savez... et elle a tapoté ses brillants pantalons rouges. Elle a dit : « Votre tante Gay déteste le cuir aussi, elle ne porte que les peaux de polyesters fraîchement abattus. C'est pourquoi j'ai acheté ces pantalons-ci ! »

Vlan ! Encore un tournant à gauche. Encore un autre coup à la tête. J'ai chassé du pied le rouge à lèvres et deux tampons hygiéniques vers le côté de Shelley.

Le sans-dents a lancé depuis le siège avant : « Votre mamie est le boute-en-train du quartier, je vous assure ! »

« Grand-maman ? Le boute-en... Que voulez-vous dire ? » a demandé Shelley en essayant d'atteindre du pied un tampon. Rien à faire. Le taxi était immense. Il était plus haut, plus large et plus long qu'une voiture ordinaire. Il y avait place pour six personnes à l'arrière, trois faisant face vers l'avant et trois tournés vers l'arrière. Grand-maman était assise sur un siège face à l'arrière et il y avait tant de place entre nous que je me demande si j'aurais pu l'atteindre même en allongeant ma jambe le plus possible. Grand-maman avait dit qu'il y avait des tas de ces taxis-là en Angleterre, mais je doutais fort qu'aucun des autres ne soient remplis de tampons errants et de gosses de 14 ans qui ont eu une commotion cérébrale.

« Grand-maman, pourquoi est-ce que vous déménagez dans une maison de retraite ? » a demandé Édouard. Sans crier gare, il a lâché une bombe verbale. Sans avertissement, sans aucune allusion, pas la moindre chance de le faire taire. Ça c'était bien Édouard.

Grand-maman a froncé les sourcils et a croisé les bras devant sa poitrine (un exercice pas facile, je ne vous dis que ça), puis elle a dit : « Je ne vais pas dans une maison de vieux dépendants, quoi qu'en pense cette vieille bique. » La « vieille bique » c'était Tante Gay, la plus jeune sœur de Grand-maman, ce qui fait qu'elle est notre grande tante, je suppose.

« En Angleterre, le gouvernement vous force à vendre votre maison et à lui verser votre argent jusqu'au dernier sou pour qu'il s'occupe de vous, dit-elle, c'est du vol ! Et je peux très bien me débrouiller toute seule, vous ne croyez pas ? »

J'essayais de ne pas regarder sa chemise Titty Ho et j'ai dit : « Oui, vous le pouvez bien, Grand-maman. » Ce n'était pas ce que je voulais dire, bien sûr, mais je ne voulais pas lui faire de la peine, non plus. Si Maman disait qu'il fallait que Grand-maman entre dans une maison de retraite, c'était tout décidé. D'ailleurs, les fringues de Grand-maman étaient, disons, ouah ! Visiblement, Grand-maman devenait sénile ou gaga.

Édouard est revenu sur le sujet et a demandé : « Mais alors, pourquoi Tante Gay pense-t-elle que vous devez entrer dans une maison de retraite ? Qu'est-ce qui ne va pas ? » Je l'ai fusillé du regard. Le regard voulant dire : *Ma Maman nous a dit de ne pas parler de ça, alors arrête avant que je ne me sente obligée de te tuer.* Mais, comme d'habitude, Édouard était perdu dans son petit rêve à lui et ne remarquait pas mes regards furieux.

« Parce qu'elle a perdu la boule, » a braillé la gerbille, nous faisant tous sursauter. « C'est ce fichu mariage, on dirait qu'elle se prend pour la Reine, vu la façon dont elle en parle. Elle s'est mis dans la tête que votre mamie a perdu la boule, mais c'est à elle qu'il en manque, enfin c'est mon avis. »

Grand-maman a approuvé d'un digne de tête en lançant d'un coup de pied un tube de mascara vers le sac de Shelley abandonné. « Ne faites pas attention à ses bêtises, nous a-t-elle conseillé, je me débrouille très bien toute seule et je ne déménage nulle part. »

Soudain, les pneus ont crissé. Nous étions arrivés chez nous, à l'endroit, au moins, que nous appellerions notre chez-nous pendant les neuf jours prochains.

J'avais vu des photos de la maison de Grand-maman (elle apportait des photos chaque été pour que nous puissions voir son jardin), mais rien ne pouvait me préparer à la réalité. Grand-maman vivait dans un tout petit cottage en pierres grises qui avait 450 ans d'âge ; le toit du genre qui donne l'impression de paille peignée avec soin et recouverte de grillage à poulailler. Le jardin abondait d'arbres et d'arbustes en fleur et il y avait une clôture de pierre couverte de vigne, une clôture de pierre aussi vieille que la maison, qui entourait le jardin.

« C'est fabuleux ! » a hurlé Édouard en grimpant par-dessus mes jambes pour sortir de la voiture. Shelley m'a pratiquement renversée en essayant elle aussi de sortir, soulagée, sans doute, d'être sur terre ferme. Alors que Clyde filait dans la rue, moi, j'ai pris le sentier en courant pour me joindre à eux.

Je ne voulais pas en convenir, mais je devais bien admettre qu'Édouard avait raison. C'était fabuleux. Tout était parfait, même les portes avaient l'air d'avoir été repeintes et le gazon venait d'être tondu. Pourquoi Maman pensait-elle que Grand-maman ne pouvait pas vivre seule, je me le demandais en pénétrant dans sa petite maison pittoresque.

Oh.

Édouard et Shelley étaient plantés côte à côte à l'entrée. Figés. Muets.

Et pourquoi ? Eh bien, imaginez la moitié de notre chambre occupée par Shelley, le négligé, le désordre, le fouillis de sa moitié de notre chambre. Et imaginez cette pagaïe explosant dans une petite maison de 450 ans. Un désastre, direz-vous ? C'était pire, bien pire, de loin bien pire.

Je voyais bien l'essentiel de tout cela : nous étions dans le living, il y avait une petite cuisine sur la droite, une chambre et une salle de bains sur la gauche, et un escalier en bois étroit qui montait au grenier le long du mur du fond.

Mais de quelle couleur étaient les murs ? Le plancher ? Les meubles ? Je ne pourrais pas vous le dire parce que chaque surface, la moindre surface, était couverte de… trucs. De la vaisselle, des bocaux, des boîtes, des vêtements, des couvertures, des images, des chaussures, des livres, des bouteilles, des journaux… et nous fixant du regard à travers cette espace en pagaïe le chien le plus grand, le plus noir, le plus poilu que j'aie jamais vu de ma vie.

« C'est un chien ! » s'est écriée Shelley (elle avait vraiment un sens aigu de l'évidence).

Grand-maman s'est mise à rire en disant : « Vous avez vu des photos de

Fred. Tâchez donc de ne pas lui faire peur. Il a 12 ans maintenant et il a un petit problème de vessie. » J'ai reculé d'un pas quand Fred s'est dirigé vers nous pesamment. Fred est un Terre-Neuve, un Terry, qui pèse 68 kilos. Et s'il y avait une chose à laquelle je ne voulais pas faire peur, c'était un chien de 68 kilos qui a un problème de vessie. Il était une bombe à urine ambulante.

« C'est fabuleux ! » s'est écrié Édouard en traversant la pièce à la course pour serrer Fred dans ses bras. Ensuite, gracieux comme une gazelle, il a sauté par-dessus un tas de livres, trébuché contre une chaise et il s'est aplati par terre, envoyant filer des chats, il y en avait au moins quatre, dans tous les sens.

Grand-maman a montré du doigt les deux chats se tapissant sous le sofa : « Ça, c'est Grincheux et ça, c'est Timide. Et ces deux-là, c'est Joyeux et Dormeur. » Joyeux et Dormeur avaient sauté sur le plan de travail de la cuisine et, avec le poil qui se dresse sur leur dos arqué et les oreilles pointées vers l'arrière, ils balançaient furieusement leur queue et ils n'avaient pas l'air content ni d'avoir envie de dormir.

Shelley a dit : « Je croyais que vous n'aviez que deux chats et je croyais qu'ils s'appelaient Mortimer et Rufus. »

« Eh bien, oui… mais cinq autres sont apparus l'hiver dernier et je n'ai pas eu le courage de les renvoyer, alors je leur ai donné à chacun le nom d'un des sept nains de Blanche-Neige. » Grand-maman a retiré des sacs et des cartons du sofa et les a empilés sur la table basse. « D'ailleurs, le nom des chats n'a aucune importance… ils ne viennent jamais quand on les appelle. »

Elle a ajouté en faisant un signe de tête vers l'escalier : « Allez défaire vos valises et puis vous pourrez vous relaxer pendant que je prépare le thé. »

Je fixais le sofa. Je pourrais m'asseoir dessus, je suppose, mais je ne pourrais jamais me relaxer. Il était couvert de poils d'animaux en assez grand nombre pour en faire un autre chat, le huitième nain perdu depuis longtemps. Et le chien qui avait causé le plus gros de ce désastre était maintenant vautré sur toute la moitié du sofa, guettant Édouard qui sautait autour de la pièce pour attraper et caresser un chat agacé après l'autre.

Je m'apprêtais à monter l'escalier quand quelque chose a attiré mon regard, quelque chose de blanc qui dépassait entre les coussins du sofa. J'ai enfoncé une main, un geste que, franchement, je trouvais très courageux et j'ai sorti… un soutien-gorge. Un soutien-gorge de Grand-maman, je parie. Mais surtout, c'était le plus grand soutien-gorge que j'aie jamais vu. J'en suis restée stupéfaite, moitié jalouse, moitié horrifiée. Il avait la taille de deux sacs à provisions combinés. Si j'avais mis un des bonnets sur ma tête, il m'aurait recouverte jusqu'aux épaules. Je n'ai pas essayé, bien sûr, je ne fais que deviner.

Grand-maman a crié de la cuisine : « Votre tante Gay a invité 292 personnes à son mariage, vous imaginez ? Elle a fini par convaincre un pauvre vieux de l'épouser et elle croit que 292 personnes devraient lui acheter un cadeau, c'est ridicule ! »

Ridicule, oui. C'est moi qui le serais si on me voyait avec le plus grand soutien-gorge dans la main. Je l'ai vite repoussé entre les coussins et me suis dirigée vers l'escalier.

« Ça paraît beaucoup, en effet, Grand-maman, » ai-je acquiescé en attrapant Édouard et le traînant avec moi. Dieu sait ce que ce gamin ferait si on le laissait seul avec un immense soutien-gorge, mais j'étais presque certaine que cela aurait impliqué au moins deux chats hargneux.

Shelley était déjà en haut, elle se baladait avec un fer à friser en main et un visage affolé. Manifestement, elle ne se trouvait pas suffisamment parfaite pour une soirée chez Grand-maman. Et, tout aussi manifestement, il n'y avait pas de prise de courant au mur.

Le grenier était en fait une seule grande pièce dont les fenêtres étaient si basses qu'elles reposaient à même le plancher ; je devais m'accroupir pour voir dehors. Et le plafond incliné était si bas que Shelley devait se baisser en marchant. La pièce avait été emménagée en chambre d'amis avec quatre lits le long du mur, mais comme en bas, la moindre surface était couverte de trucs poussiéreux, inutilisés.

« J'en ai trouvé un, » a crié Shelley en tirant des cartons du mur pour brancher son fer à friser dans une prise à l'ancienne.

J'ai dit : « Il faut absolument mettre Grand-maman dans une maison de retraite. »

« Je savais que tu allais dire ça, » a grommelé Shelley en retirant de son lit une caisse de livres et une chaise démolie. « Si on n'est pas parfaitement organisé, pas parfaitement propre, ni parfaitement… parfait, toi, tu penses qu'on a quelque chose qui ne va pas. » Shelley se frottait le nez essayant de s'empêcher d'éternuer à cause de la poussière qui tourbillonnait autour de sa tête.

Et elle a ajouté d'un ton sarcastique : « Et puis, il y a ton stupide camp de vacances scientifique ; il vaut mieux larguer Grand-maman dans un hospice que de rater cette occasion-là. »

Shelley avait dû entendre ce qu'avait dit Maman à l'aéroport. Mais maintenant elle le déformait essayant de m'accuser de mauvaises intentions, ce qui était tout à fait injuste.

« As-tu bien vu cet endroit ? » lui ai-je demandé en faisant des gestes dans toutes les directions (il n'y avait pas besoin de regarder quoi que ce soit en particulier pour faire une telle remarque). « Je dirais qu'elle n'a pas fait le ménage depuis 20 ans. Comment peut-elle vivre ainsi ? C'est mauvais pour la santé ! »

« Un petit peu de saleté n'a jamais fait de mal à personne. » Shelley retirait des moutons de poussière de ses pantalons. « Et si tu n'étais pas si maniaque, tu verrais qu'elle ne s'en tire pas mal du tout. »

Soudain, le chat qu'Édouard tenait dans les bras a entendu l'appel de la nature et s'est déchaîné. Édouard, qui est un grand fan de la peau et qui est facilement dégoûté quand il en perd un morceau, a laissé tomber la boule de poils en furie, puis il a trébuché de côté en faisant son saut de gazelle et a atterri sur le plancher, tête première.

« Tu vois ce que je veux dire ? » ai-je dit en montrant Édouard du doigt. « On ne peut pas se sentir en sécurité ici. »

« Idiote ! » En disant cela, Shelley m'a tourné le dos et a commencé à se friser la frange. C'est comme ça qu'elle pense avoir le dernier mot : lancer une piètre insulte et puis se détourner.

« Oh, mon... heum, Monica, tu as peut-être raison. » C'était Édouard. Toujours étalé par terre, il avait une vue parfaite, par la fenêtre à hauteur du plancher, sur le jardin derrière la maison.

« Oh non... oh NON ! » a crié Shelley en reculant maladroitement et hochant la tête violemment de gauche à droite.

« Monica ! » a crié Édouard, « Grand-maman est en train de pisser sur ses buissons. »

« Monica ! » a crié Shelley, « mes cheveux brûlent ! »

Et, en effet, ils brûlaient.

Chapitre 4

Ça faisait vraiment mal

Vous êtes-vous jamais trouvé dans une situation où vous vouliez courir dans deux directions différentes à la fois et que, au lieu de ça, vous étiez resté cloué sur place ? Eh bien, j'aurais bien voulu que ça m'arrive, ça aurait été beaucoup moins pénible. À vrai dire, je ne voulais pas voir Grand-maman faire pipi sur ses buissons ; elle portait encore ses pantalons de cuir étroits, de sorte que ce n'était pas une simple affaire de « relever le jupon et y aller ». J'ai couru tout droit vers Shelley pour voir pourquoi la fumée tournoyait autour de sa tête. Et c'est alors que j'ai buté contre Édouard qui s'est relevé d'un coup et s'est mis à courir vers la fenêtre (le petit froussard voulait éviter d'avoir affaire à Shelley). Nous avons ricoché l'un sur l'autre et Édouard a atterri sur le plancher de bois et moi, je me suis écrasée dans un tas de vieilles boîtes poussiéreuses. J'étais là, essayant de me rappeler les noms des os que j'avais probablement cassés, quand Shelley a joué la diva encore une fois.

Elle a crié : « Monica ! Viens m'aider tout de suite ! » tout en frappant sa tête enfumée au moyen d'un oreiller. J'ai traversé la pièce en boitant et en me frottant la jambe. Cela ne servait plus à rien de me dépêcher. Il est vrai que quelques volutes flottaient toujours au-dessus de sa tête, mais je les distinguais à peine dans le nuage de poussière (l'oreiller avait bien 100 ans). Elle ne faisait vraiment pas chalumeau humain, c'était plutôt un mouton qui fume.

« De quoi est-ce que ça a l'air ? Dis-moi ! » a demandé Shelley en pleurnichant et en tâtant ses cheveux carbonisés.

J'ai dit : « On croirait que tu as été électrocutée. » Et c'était un peu ça, en fait. Elle n'avait brûlé qu'une seule poignée de cheveux, mais c'était une grosse poignée, justement sur le devant. Alors, au lieu de s'aligner proprement sur son front, ses mèches se dressaient tout droit et ressemblaient à des nouilles sautées. Il n'y avait guère moyen de les décrire autrement.

« OK, les pantalons de Grand-maman sont relevés, » a dit Édouard d'un ton curieusement professionnel en dévalant l'escalier. Parce que je ne voulais pas me trouver dans la chambre au moment où Shelley trouverait un miroir et verrait de quoi elle avait l'air, je suis descendue après lui en boitant.

Nous sommes sortis à peu près ensemble par la porte de derrière et nous avons découvert notre grand-maman plantée là dans son tee-shirt Titty Ho et ses pantalons rouge vif en train de remplir d'un air distrait un tas de bols en plastique avec de la nourriture pour chats qu'elle puisait dans un grand sac. Tout cela comme si de rien n'était, comme si elle ne venait pas de mettre bas les culottes devant, voyons, peut-être tout le voisinage, comme si elle n'avait pas besoin qu'on la mette dans une maison de retraite, ce qui semblait de plus en plus indiqué.

Édouard et moi sommes restés là bouche bée. Que peut-on dire à quelqu'un qui vient de faire une chose si dingue ? Quelque chose de si étrange ? Quelque chose de si bizarre ?

« Pourquoi avez-vous fait pipi dans votre jardin ? » a demandé Édouard. Bon, c'était une possibilité.

« Ça empêche les chats errants d'entrer dans mes platebandes, » a dit Grand-maman en posant un bol de nourriture pour chats à côté de ses lilas. « S'ils sentent l'urine, ils se disent qu'un autre chat y a marqué son territoire et ils n'y touchent pas. »

« Euh… si vous cessiez de leur donner à manger, peut-être qu'ils ne viendraient plus, » ai-je dit. Non, je n'étais pas impertinente, vous avez sans doute pensé la même chose.

Elle a répondu : « Oh, ne me fais pas rire, il faut qu'ils mangent ! Si je ne donnais pas à manger à ces petits, ils… Oh, *putain de bordel* ! » Elle a empoigné le balai adossé à la table de pique-nique et a frappé de toutes ses forces un de ses gros buissons qui a explosé en pétales alors qu'un chat, un des plus laids et des plus maigres que j'aie jamais vus, traversait la pelouse comme s'il avait été tiré par un canon.

Elle a crié : « Ouste, sale bête ! On ne fait pas ses besoins dans mes buissons ! »

Soudain on a entendu un gémissement qui venait de la maison.

« Non…oh, non, non…» c'était Shelley qui apparemment avait trouvé un miroir.

Pendant que nous filions pour rentrer dans la maison, j'ai fait à Grand-maman un résumé éclair de l'histoire des cheveux en feu. Bonne affaire, parce que ce que nous avons trouvé n'était pas beau. Shelley était dans la salle de bains de Grand-maman debout devant la glace, tenant une brosse d'une main et un fer à friser de l'autre, sa frange toute droite en l'air.

Les sourcils de Grand-maman sont montés à mi-hauteur de son front et elle a fait une bouche en cul-de-poule très fort (comme les gens qui font cela pour se donner l'air sérieux, alors qu'ils sont près de pisser de rire). Alors, en deux temps, trois mouvements, elle est passée à l'action.

« Ne t'en fais pas, chérie, ta frange sera réparée en un rien de temps. » Grand-maman a soigneusement coupé les mèches les plus noircies, ce qui veut dire que c'était pratiquement toute la frange.

« Une frange c'est vos mèches, » a murmuré Édouard en me donnant un coup de son maigre petit coude, « c'est comme ça qu'on les appelle en Angleterre. »

Shelley se plaignait : « Je ne comprends pas. J'ai utilisé un adaptateur comme le manuel le disait. »

« Les adaptateurs vous permettent seulement de brancher les appareils américains dans des prises européennes, » a dit Grand-maman, « le problème c'est que notre tension est de 240 watts et la vôtre est de 110 ; ton fer a surchauffé parce que beaucoup trop d'électricité est passée dedans. »

« Mais comment est-ce que je vais pouvoir friser ma frange si je ne peux pas me servir de mon fer ? » a demandé Shelley.

« Oooh… je ne crois pas que tu doives t'en faire pendant un petit moment, ma chérie. » Grand-maman pinçait les lèvres de nouveau en réajustant ce qu'il restait de la frange de Shelley. « Avec quelques pinces à cheveux, tu seras toute belle, je crois que tu es mieux sans frange, de toute façon. »

Encore un coup de coude qui fait mal. « Les pinces à cheveux sont des épingles à cheveux, » a soufflé Édouard. « C'est comme ça qu'on les appelle en Angleterre. » J'avais cru que c'était une bonne idée de lui offrir un livre sur la culture britannique, mais maintenant, j'avais des doutes.

Je ne sais pas combien de temps nous serions restés là à admirer l'endroit où Shelley avait sa frange, mais le son violent d'une portière de voiture nous a ramenés à la réalité.

Grand-maman a grommelé : « Zut ! Je parie que c'est la vieille bique, la *Reine* de Old Warden » en poussant les cheveux de Shelley carbonisés dans l'évier (ou du moins dans la direction générale de l'évier, Grand-maman n'était décidément pas une maniaque de la propreté).

La tante Gay n'a même pas frappé. Elle a ouvert brusquement la porte et elle est entrée d'un coup dans le living. Elle a fait une entrée remarquable, en fait, grâce à sa robe rose à fanfreluches et son chapeau, ses souliers et son sac assortis ; c'était un peu comme si on se trouvait devant une grosse boule de barbe à papa toute rose d'où passait le nez d'une vieille dame au visage tout ridé.

Elle avait un de ces sourires plaqués sur la figure laissant voir des dents qui ont l'air de dire « je-viens-de-me-faire-blanchir-les-dents » jusqu'au moment où elle a mis le pied dans la flaque de pipi que Fred avait laissée près de la porte.

« Flo ! Ce dégoûtant de chien que tu as, » a-t-elle dit d'un air mauvais en essuyant son soulier de barbe à papa sur le paillasson, « je ne veux pas croire que tu gardes toujours cette chose. »

Grand-maman a soupiré et répondu : « Gay, ferme ton clapet et viens saluer les membres de ta famille. »

Moi, je n'ai jamais été très forte pour échanger des banalités. En plus, Grand-maman était toujours près de la porte en train d'essuyer du pipi de chien et elle faisait des grimaces drôles dans le dos de Tante Gay. Alors c'était un peu gênant, comme vous pouvez l'imaginer. Et puis Édouard et Grand-maman ont rendu la situation encore plus délicate en m'abandonnant pour se sauver dans le jardin.

« Enfin, un moment pour bavarder entre femmes, » a dit Tante Gay en chancelant vers le sofa (il y a des gens qui ne devraient vraiment pas mettre des hauts talons).

Elle m'a demandé : « Il est certain que ma pauvre sœur doit entrer dans une maison de retraite, n'es-tu pas d'accord ? » Shelley m'a lancé un regard de mise à mort et elle est entrée dans la salle de bains en trépignant.

D'un coup d'œil par la fenêtre, j'ai vu Grand-maman et Édouard, enveloppés dans des draps dépendus de la corde à linge, qui marchaient derrière Fred en faisant de grands signes et prétendant qu'ils faisaient partie d'une espèce de défilé.

J'ai dit : « Ce serait sans doute mieux. »

Vlan ! Ah oui, Shelley. Pas question qu'elle se mêle à la conversation, mais elle allait exprimer son opinion en fermant à grand bruit les tiroirs de la vieille coiffeuse de la salle de bains de Grand-maman.

« Eh bien, il ne nous reste qu'à la convaincre que c'est la bonne solution. » Tante Gay a ajusté les dentelles de sa robe. « Et je parie qu'elle vous écouterait, vous deux qui êtes des jeunes filles si raisonnables. »

Vlan ! Une de nous deux, de toute façon.

« Maman n'a jamais dit que la maison de Grand-maman était comme… ça. Je ne comprends pas pourquoi elle ne nous a pas averties. »

« N'oublie pas, chérie, que ta maman n'est pas venue en Angleterre depuis quatre ans, pas depuis que votre Grand-maman a commencé à aller chez vous en été. Je suis sûre qu'elle n'a aucune idée du négligé qui règne aujourd'hui ; elle en sera horrifiée, vous ne pensez pas ? »

Vlan ! Elle sera horrifiée de la condition de la coiffeuse ancienne de Grand-maman, sans aucun doute.

J'ai lancé encore un coup d'œil furtif par la fenêtre. Grand-maman et Édouard continuaient leur semblant de défilé, mais maintenant ils avaient piqué des fleurs dans leurs cheveux, Fred était enveloppé de draps et ils avaient ramassé deux chats le long du chemin. C'était maintenant un défilé hippie,… avec boules de poil.

Tante Gay s'est tournée pour voir ce que je regardais et en reniflant, elle a exprimé son dégoût. « Franchement, Monica, ces deux-là sont une paire de vrais cinglés, a-t-elle dit, vous pouvez voir d'où il tient ce qu'il est, non ? »

Eh bien, je sais que cela paraîtra étrange, mais cela m'a agacée. Je sais qu'Édouard est enquiquinant, mais c'est mon frère. C'est *moi* celui qui a le droit de l'insulter, mais pas n'importe quelle quasi-étrangère portant des souliers imprégnés d'urine.

J'ai tout de suite lâché : « Oui, il est un peu… spécial, mais cela ne veut pas dire qu'il y a vraiment quelque chose qui ne va pas chez lui. »

Tante Gay s'est levée et a pris son meilleur air agacé (sans aucun doute, c'est un air qu'elle prend souvent). « Je reviens tout de suite pour régler ça, » a-t-elle dit en titubant à la sortie. « Attendez donc que votre mère voie ce fouillis. »

Quand elle a fini de fourrer sa robe dans la voiture et qu'elle est partie sur ses chapeaux de roue, je me suis dirigée vers le jardin pour voir ce que faisaient Édouard et Grand-maman. Shelley m'a suivie. Il semblait bien qu'elle n'avait plus de tiroir à casser.

Fred était vautré au milieu de la pelouse, dormant à poings fermés, si j'ose dire. Les chats du défilé avaient été relâchés et ils se baladaient sur le mur de pierre de Grand-maman, en train de décider sur quel buisson uriner, sans doute. Et Grand-maman et Édouard ? Ils étaient assis bien tranquillement à la table de pique-nique, en train de jouer une partie d'échecs.

« Échec et mat ! » a dit Grand-maman en se redressant et en réarrangeant les fleurs dans ses cheveux.

Édouard a fixé l'échiquier d'un regard perdu, puis il a laissé tomber sa tête dans ses mains et il a grogné.

Shelley s'est tournée vers moi et m'a regardé droit dans les yeux, comme elle fait toujours pour me défier de la regarder à mon tour. *Personne* n'a joué aux échecs avec Édouard et gagné.

Maman et moi avons joué contre lui depuis que le gosse avait sept ans et ni elle ni moi n'avons gagné une seule partie contre lui. Jamais.

« Il n'y a rien qui cloche dans le cerveau de Grand-maman, » a sifflé Shelley.

« Elle est désorganisée et sa maison est un dépotoir ; c'est mal de vivre comme ça, » ai-je sifflé à mon tour.

Nous étions là, à nous dévisager d'un air renfrogné, attendant de voir laquelle parlerait la première. J'en avais tellement marre de Shelley, j'étais impatient de m'éloigner d'elle an août. Vraiment impatient.

Tout à coup, Grand-maman a frappé dans ses mains et a sauté de sa chaise. « C'est l'heure du thé ! Vous devez être épuisés, les enfants. »

Vous savez, j'avais été si occupée que je ne l'avais pas remarqué, mais j'étais vraiment fatiguée, si fatiguée que je ne désirais même pas une tasse de thé. Alors, pendant qu'Édouard poursuivait Grand-maman, essayant de la convaincre de lui accorder un match retour, et pendant que Shelley, à la salle de bains, essayait de faire repousser sa frange, je suis montée à l'étage en titubant pour me mettre au lit.

Ça paraît simple ? Pas du tout. Shelley s'était déjà attribué le lit avec la chaise cassée et la caisse de livres dessus. Et Édouard avait déversé sa valise sur celui avec le tas de couvertures supplémentaires (au moins 20, à en croire l'épaisseur du lit)

Comme choix, il me restait donc le lit près de la fenêtre entassé de vieilles boîtes poussiéreuses, ou celui près de l'escalier qui avait un grand renfoncement au milieu, un creux plein de poils noirs, provenant sans doute d'un chat de Grand-maman. Mais ça aurait pu provenir d'un chien errant, d'une mouffette ou d'un raton laveur enragé… il n'y avait vraiment pas moyen de le savoir jusqu'au moment où le propriétaire des poils se glisse sur le lit au milieu de la nuit. J'ai poussé un soupir et commencé à retirer les boîtes du lit près de la fenêtre.

Et cela ne m'aurait pas pris bien longtemps, non plus, si je n'étais pas tombée dans le trou.

Chapitre 5

La Tragédie de la brosse à dents

Si on m'avait demandé comment je réagirais si j'étais tombée tout d'un coup dans un trou, j'aurais deviné que j'avais tendu les bras pour ralentir ma chute. Ça paraît logique, mais ce n'est pas comme ça que ça s'est passé.

Non, quand en marchant dessus, j'ai cassé le couvercle en contreplaqué, ma jambe gauche est entrée d'un coup dans le trou rond du plancher, pendant que mes bras faisaient des effets de moulin à vent autour de ma tête comme deux oiseaux effarouchés. Je n'ai rien fait pour amortir ma chute, rien du tout, ce qui explique que je me suis trouvée coincée dans le trou jusqu'à la fourche de l'entrejambe (qui me faisait plus mal que je ne m'y attendais) avec la jambe gauche qui se balançait tout droit dans le living et la jambe droite tendue devant moi sur le plancher de la chambre à coucher.

Les ballerines passent des années à perfectionner des positions pareilles, et moi j'avais effectué celle-là en un clin d'œil, bien qu'il y ait eu des chances que je ne pourrais jamais avoir d'enfants. On pourrait croire que c'est ce que j'ai fait de plus bête dans tout le voyage. Ce ne serait pas vrai, mais j'en parlerai plus loin.

J'ai entendu Grand-maman s'écrier « Juste ciel ! » en montant l'escalier à toute vitesse avec Shelley.

Édouard ne les a pas suivies. Au lieu de ça, il a couru au living et a commencé à discuter avec ma jambe cette tournure inattendue des événements. Il a expliqué à ma jambe pourquoi il y avait un si grand trou dans le plancher (le cinglé à qui appartenait la maison il y a 60 ans voulait que plus de chaleur monte du foyer à l'étage) et il a dit à ma jambe que des amputations sont fréquentes suite à des accidents domestiques (très fréquents). Il a dit d'autres choses aussi, mais je n'écoutais vraiment pas, ma jambe étant trop occupée à s'efforcer de lui donner un bon coup de pied à la tête. J'aurais vraiment aimé ne plus le voir pendant quelque temps. J'avais vraiment, vraiment, *vraiment* besoin d'aller à ce camp de vacances scientifique.

M'ayant tirée du trou, Grand-maman a ouvert sa trousse de premiers secours. Il se fait qu'elle était presque aussi âgée qu'elle, qui a 77 ans au cas où j'aurais oublié de le dire plus tôt. La vieille boîte rouillée contenait du TCP (une sorte d'alcool à 90 degrés antiseptique), du ruban adhésif inutile puisqu'il n'y avait pas de gaze et, curieusement, une bouteille de brandy. J'ai prétendu que ma jambe allait très bien et je me suis traînée jusqu'au lit. La vérité est que j'avais terriblement mal, mais ça ne valait pas la peine de s'éterniser là-dessus.

Rien ne réussit à ankyloser les neurones de la cervelle comme six heures d'un sommeil merdique. Et grâce aux sept nains, c'est exactement ce qui m'est arrivé. Grincheux, Simplet, Joyeux, Atchoum, Prof… l'un après l'autre, ils ont sauté sur le lit et ont fait mine de dormir sur ma tête. Et l'un après l'autre, je les ai jetés par terre.

J'avais enfin pu m'endormir quand j'ai senti une légère brise sur mon visage. Une brise chaude. Une brise chaude et malodorante. Je me suis efforcée d'ouvrir les yeux et j'ai découvert une autre paire d'yeux fixés sur moi. C'était Fred.

Il était debout à côté du lit, sa tête posée sur mon oreiller, son nez touchant presque le mien et une épaisse traînée de bave coulant de sa gueule. Dès qu'il a vu mes yeux s'ouvrir, il a grogné et, dans un élan d'une énergie surprenante, il a sauté sur le lit et m'a poussé un bon coup. Résultat, je me suis retrouvée couchée par terre, et Fred était affalé en travers du lit, me dévisageant calmement. Fred, je m'en rendais compte, était un fameux chapardeur de lit.

Je me suis relevée lentement pour d'abord constater les dégâts sur mon corps. Autant j'aurais voulu me plaindre quelques minutes, il n'y avait pas grand-chose à signaler. Ma jambe gauche était couverte de bleus pour être tombée dans les boîtes et égratignée pour être tombée dans le trou. Autrement, je me sentais bien. C'est-à-dire, jusqu'à ce que je tourne du mauvais côté et que je me cogne la tête contre le plafond bas et incliné.

Pan ! D'accord, je n'étais pas tout-à-fait réveillée. Le manque de sommeil et le décalage horaire sont une méchante combinaison. Il allait falloir que je sois prudente, sinon je pourrais finir par marcher devant un autobus.

Je suis passée à côté de Shelley sur la pointe des pieds ; elle dormait toujours. Elle n'était pas belle à voir non plus, couchée sur le dos, bouche béante, mèches carbonisées dressées tout droit comme des petites antennes de radio. Sa coiffure ne ferait pas l'affiche sur la couverture de *Seventeen* avant longtemps.

Et Édouard ? Son lit était dans un état épouvantable, on aurait dit qu'il s'était servi de toutes les 20 couvertures ; mais il avait disparu.

« Oh, non... non... » Les gémissements plaintifs d'Édouard

sont montés par l'escalier. Pas de doute, il avait amené Grand-maman par ruse à faire une partie d'échecs au petit matin. Et de toute évidence, il avait perdu. Encore une fois.

« Les imbéciles ne sont pas les seuls à être égoïstes. » Génial. Shelley s'était réveillée suffisamment pour m'empoisonner la vie. Elle se débattait comme un chat dans un sac, essayant de se dégager d'en-dessous de toutes les couvertures. « Tu l'as vue jouer aux échecs, tu sais que son cerveau n'a rien. Si ce n'était pas que tu veux tant aller à ce camp scientifique, tu essaierais de mettre fin à tout ceci. »

« Ce n'est pas vrai, » ai-je dit en regardant par une des fenêtres basses, poussiéreuses et graisseuses. « Personne ne devrait vivre comme ça. »

« Personne ne devrait juger les gens qui vivent comme ça, » a répondu Shelley.

Je n'arrivais pas à trouver une réplique assez agressive, alors j'ai saisi ma brosse à dents et je suis descendue en trébuchant dans l'escalier, m'appuyant contre le mur (mes genoux chancelaient toujours comme au matin). Et ils étaient là, Grand-maman et Édouard, à la table de la cuisine, penchés sur un échiquier. Édouard portait une toute nouvelle paire de pyjamas Superman et Grand-maman portait… des pyjamas Superman ? Ma grand-mère qui avait, peut-être bien, les plus gros seins du monde, portait des pyjamas augmentés d'une très longue cape.

« Bonjour, Monica, » a dit Grand-maman en remplissant sa tasse de thé. « J'ai cousu des *jimjams* à Édouard pour que nous puissions aller bien ensemble à l'occasion de votre visite. »

« *Jimjams* sont des pyjamas, » a dit Édouard. « C'est comme ça qu'on les appelle en Angleterre. »

« Je vais… Je vais me brosser les dents. » J'ai viré vers la salle de bains. Je n'étais pas prête à parler, pas encore, surtout pas à deux super-héros en train de manger des biscuits aux pépites de chocolat et de jouer aux échecs à 7 heures du matin.

Grand-maman a regardé Édouard et a haussé les sourcils. Elle a demandé : « Monica brosse avant le petit déjeuner ? »

Il a hoché la tête et a pris son air de grande expérience et de je-sais-tout que je déteste. « Ce n'est que la pointe de l'iceberg ou le nez du chameau, » a dit le petit morveux en réarrangeant sa cape, ajoutant : « Vous seriez étonnée de voir à quel point elle est maniaque. » Je n'avais pas la force de le tuer, alors je lui ai envoyé mon souhait qu'il perde sa prochaine partie d'échecs, ce qui reviendrait à peu près au même, en ce qui concerne Édouard.

Je suis entrée prudemment à la salle de bains. J'ai horreur des salles de bains. Dans les meilleures conditions, elles ne sont pas particulièrement hygiéniques. Et les présentes conditions n'étaient pas les meilleures, il faut dire. Je n'ai aucune envie de la décrire, je vous la laisse imaginer : crasseuse, visqueuse et entassée de toutes sortes de trucs ; vous aurez ainsi une très bonne idée.

J'étais toujours plantée devant le lavabo, cherchant un endroit sûr où cacher ma brosse à dents là où l'eau des toilettes ne risquait pas de l'arroser, quand Fred a ouvert la porte en la poussant de son énorme tête. Et puis, comme si de rien n'était, il s'est dirigé nonchalamment vers la cuvette, a relevé le couvercle de son gros nez de voleur de lit, et s'est mis à… boire ! Le chien qui avait soufflé sur ma figure et bavé sur mon lit, était en train de boire de l'eau de cuvette. J'allais devoir brûler mon oreiller.

J'ai doucement repoussé sa tête avec ma jambe et j'ai remis le couvercle (toujours du pied, bien sûr, parce que les sièges de w.c. sont très malsains). Il m'a regardé, a relevé le couvercle et recommencé à boire. Alors j'ai repoussé sa tête et baissé le couvercle. Alors lui… o.k., je vous fais grâce des détails. En résumé, j'ai fait une partie de bras de fer contre un chien incontinent de 12 ans… et j'ai perdu.

Quand je me suis rendu compte qu'il n'y avait aucun espoir,

j'ai enveloppé ma brosse à dents dans un gant de toilette propre et je l'ai fourrée derrière l'appareil électroménager qui se trouvait à côté du lavabo (non, je n'ai aucune idée de ce qu'il faisait là). L'endroit n'était pas idéal pour y ranger une brosse à dents, mais il fallait bien en rester là, parce qu'il y avait peu de chance qu'aucun des tiroirs ait de la place pour mes affaires, et je n'allais pas les ouvrir tous pour voir, non plus.

Je venais juste de sortir de la salle de bains, le charme en personne dans mes pyjamas froissés, ma figure pas lavée et ma tête sortie-du-lit de lauréate, quand la porte d'entrée s'est ouverte brusquement. C'était la Tante Gay qui, évidemment, ne se souciait pas de frapper.

Ça faisait presque de la peine de la voir ainsi. Elle portait un ensemble de jupe et blouse jaune vif à faire mal aux yeux (tout cela couvert de dentelle, bien entendu). Et ça ne m'a pas du tout surprise de voir que ses souliers, son sac et son grand chapeau à fleurs étaient parfaitement assortis. Elle avait l'air d'avoir été attaquée par une bande de jonquilles en colère. Je commençais à me demander à quoi ressemblerait sa robe de mariée.

Elle portait un grand sac à provisions en papier et, sans même s'arrêter pour dire bonjour, elle s'est dirigée bruyamment vers la table de la cuisine et y a déversé des… vitamines. Il devait bien y en avoir huit flacons différents.

« Je t'apporte une réserve avant le mariage parce que je n'aurai pas le temps de m'embêter avec des choses pareilles pendant ma lune de miel, » a dit Tante Gay. « Tu dois en prendre une de chaque sorte tous les jours, et, je t'en prie, prends-les pendant les repas, pour les absorber comme il faut. »

« Je ne sais pas pourquoi tu t'occupes de choses si bêtes, » a dit Grand-maman en grignotant un biscuit et en regardant Édouard en train de disposer l'échiquier pour son prochain round de torture. « Tu sais bien que je vais en prendre des poignées au hasard quand j'y pense. »

Les joues de Tante Gay se sont colorées de rouge tirant sur le rose, ce qui aurait été agréable à voir, sauf que ça jurait avec le thème des jonquilles.

« Tu es si difficile, » a-t-elle dit. « Ton régime est terrible et tu bois trop. Il faut que tu prennes des vitamines, sinon tu mourras ; fais ce que je te dis. Sinon, gare ! »

« Logiquement, je ne pourrai plus rien surveiller, une fois que je serai morte. » Grand-maman a bougé son premier pion. « Et le fait d'en prendre une poignée au hasard quand j'y pense m'a très bien réussi. »

« Oh, tu es si… si... aaarrrggghhh ! Prends tes sacrées vitamines, vieille chamelle têtue ! » Tante Gay est sortie en trombe en claquant la porte derrière elle d'un geste théâtral.

Pendant que sa sœur filait le long de la route, Grand-maman a mangé son dernier biscuit, puis elle a ouvert les flacons de vitamines et en a prudemment fait tomber une de chaque flacon en le secouant.

Édouard a demandé : « Grand-maman ! Pourquoi avez-vous dit à Tante Gay que vous prenez des poignées au hasard ? Tout ce que vous faites, ce n'est que la fâcher. »

Grand-maman a froncé les sourcils et a dit : « C'est une vieille sorcière autoritaire qui veut tout diriger, et parce qu'elle est plus jeune, elle croit qu'elle peut imposer la façon dont je mène ma vie. »

« Les petites sœurs sont idiotes, » a grommelé Shelley en titubant dans l'escalier et s'appuyant contre le mur pour ne pas tomber. Ses yeux étaient rouges et bouffis, ses joues étaient souillées de mascara et ses cheveux partaient dans tous les sens possibles. Shelley ne brillait guère le matin. Elle ne brillait guère l'après-midi, ni le soir non plus, mais c'est une autre histoire.

« Échec et mat ! » Grand-maman a tendu la main pour prendre encore un biscuit et Édouard a saisi sa poitrine et s'est effondré de sa chaise, dans son style de grande comédienne. Des chats se sont dispersés en gémissant.

« J'ai une bonne idée, » a dit Shelley qui n'avait jamais eu une bonne idée de sa vie. « Tante Gay pense que Maman va vouloir vous mettre dans une maison de repos une fois qu'elle aura vu cet endroit. Mais si nous mettons de l'ordre, Maman verrait que vous pouvez vous débrouiller toute seule. »

J'ai lancé à Shelley un regard le plus furieux possible, tâchant de la forcer à me regarder dans les yeux pour que je puisse lui percer un trou à travers la tête. Pas réussi. Elle était descendue et était maintenant assise par terre, les yeux mi-clos et les jambes étendues devant elle.

Un sourire est apparu sur le visage de Grand-maman. « Ce serait amusant, » a-t-elle dit en se calant sur sa chaise et en posant sa tasse de thé sur sa poitrine. « Ça ne devrait pas prendre plus de deux heures pour passer le *hoover* partout. »

Horrifiée, j'ai fait le tour de la pièce du regard, j'ai enregistré les boîtes, les sacs, la saleté, le fouillis, pendant qu'Édouard remontait lentement sur sa chaise.

« Hoover, a-t-il dit d'une voix faible, ça veut dire aspirateur. C'est le mot qu'emploient ces sournois de joueurs d'échecs britanniques enragés. »

Tout à coup, Shelley s'est animée et a souri.

« Hé, Monica ! »

« Quoi ? » Je me méfiais, comme vous pouvez l'imaginer. Shelley n'a jamais souri avant midi.

Elle a montré Fred du doigt, il était vautré en travers du tapis du living, en train de mastiquer quelque chose.

« Est-ce que ce n'est pas ta brosse à dents ? »

Chapitre 6

Le rutabaga n'est pas un légume

C'est triste, mais c'était ma brosse à dents. Et même après l'avoir frottée avec le désinfectant pour les mains que j'ai toujours dans mon sac, je ne pouvais pas me forcer de m'en servir. Je savais très bien que quelque part, caché entre les poils de la brosse, se trouvait un reste microscopique de bave de chien. Par conséquent, elle a fini aux ordures ; et une brosse à dents de rechange est sortie du placard à réserves de Grand-maman.

« Je l'avais gardée pour Édouard, » a-t-elle dit en s'excusant.

« Ça ne fait rien, Grand-maman. » J'ai enveloppé ma nouvelle brosse à dents Daffy Duck dans un morceau de tissus propre et je l'ai fourrée dans ma poche revolver. Et c'était vrai que c'était bien comme ça. Ça ne m'aurait rien fait même s'il y avait eu un troupeau entier de personnages de dessin animé collé à ce bête machin. Daffy n'avait jamais exploré la gueule de Fred, et c'est tout ce qu'il fallait savoir.

Je m'étais habillée, j'avais fait mon lit, je m'étais brossé les cheveux et lavé la figure ; Shelley venait seulement de se rendre compte qu'elle était assise au bas de l'escalier en pyjamas, quand

Grand-maman nous a appelés pour le petit déjeuner.

D'un coup d'œil à la table, j'ai compris pourquoi Tante Gay est si enragée à propos de vitamines. Pain grillé, œufs, fruits... un tas de choses qui ne m'auraient pas étonnée à 8 heures du matin. Mais un gâteau couvert de bougies allumées, une grosse boîte de glace et des petits chapeaux de fête. O.K., ça m'a étonnée.

« Nous organisons une fête de non-anniversaire ! » a annoncé Grand-maman en attachant son petit chapeau. « Je ne connais personne qui fête un anniversaire ce mois-ci, alors nous allons célébrer l'anniversaire de *Personne.* »

Je parie qu'on dirait que j'ai trouvé bizarre de me mettre un petit chapeau, de chanter joyeux anniversaire à Personne et après ça, de manger une énorme portion de gâteau et de glace si tôt le matin. Eh bien, pensez donc ! J'adore le sucre. Le sucre est ma raison de vivre. Si un jour j'apprends que je vais mourir dans huit jours, tout ce que je mangerai pendant sept jours sans relâche, c'est du sucre.

J'ai tant mangé que j'ai cru que j'allais dégobiller. Édouard a tant mangé qu'il a dégobillé, lui (Édouard n'a jamais été fort pour calculer le moment où il en a eu assez).

Shelley, restée là pratiquement sans bouger, avait l'air ridicule. Elle avait oublié de se brosser les cheveux, du coup ils sortaient du chapeau de fête comme un bout de paillasson. Elle taquinait son gâteau et elle me taquinait aussi.

« Tu essaies de faire en sorte que tout aille comme tu le veux, pour pouvoir faire ton stupide voyage, » a-t-elle dit tout bas.

J'ai répondu de la même façon : « Ce n'est pas juste ; tu sais que ce n'est pas sain de vivre comme ça ; et d'ailleurs, qu'est-ce que ça peut te faire ? »

« Parce que moi, je pense que, c'est plus important pour Grand-maman d'être heureuse que pour toi d'avoir ce que tu veux. » Shelley m'a jeté un regard froid. Mon estomac s'est serré. Trop de gâteau, sans doute.

« Mais toi aussi, tu cherches à avoir ce que tu veux, quelle est la différence ? »

« La différence, » a dit Shelley en me regardant froidement, « c'est que j'essaie d'aider Grand-maman à trouver ce qu'elle veut, et toi, tu essaies de t'aider à trouver ce que tu veux. »

Je savais que ce n'était pas vrai. Mais quand Shelley dit une chose pareille, ça paraît brutal.

J'ai hoché fortement la tête, puis je me suis tournée vers Grand-maman. Elle était en train d'expliquer à Édouard pourquoi ce petit déjeuner était très bon à la santé. « Le gâteau est fait avec des œufs, la glace est à la fraise, ainsi le petit déjeuner contient des produits laitiers et des fruits. »

Elle s'est empressée d'expliquer pourquoi il ne fallait pas le dire à Tante Gay. « Elle m'en voudrait à mort, » a dit Grand-maman en entassant une deuxième portion dans l'assiette d'Édouard.

Le nettoyage a été vite fait, parce que pour faire la vaisselle, l'idée de Grand-maman était de l'empiler dans l'évier sur la vaisselle sale. À voir ça, je suis restée muette et figée à l'idée de ce qui nous attendait. La maison était remplie de toutes sortes de choses, pratiquement de haut en bas. Évidemment ça allait devenir impossible.

« D'accord. Je reviens en moins de deux, » a dit Grand-maman en sortant de son pas lourd. « Vous feriez bien de vous y mettre, parce que la vieille peau reviendra ce soir et vous aimeriez lui faire la surprise, n'est-ce pas ? »

Shelley s'est retournée pour me faire face, avec des miettes de gâteau toujours accrochées à son pyjama et son petit chapeau qui glissait sur le côté de sa tête. « Grand-maman croit que nous pouvons nettoyer cet endroit en un jour ? »

Pendant quelques secondes, je ne pouvais que la regarder. C'était un niveau tout nouveau de bêtise pour Shelley. J'ai dit : « C'est toi qui avais cette idée-là ! »

« Oui, peut-être, mais je ne pensais pas… je pensais qu'on aurait plus de temps pour… je ne voulais pas dire,… je… » Bon dieu ! C'était le début d'une longue journée infernale de nettoyage et d'organisation et j'allais la passer avec une sœur qui ne pouvait même pas faire une phrase comme il faut, Ah, oui ! et un frère qui ne pouvait pas s'arrêter de parler.

« Regardez ce que j'ai trouvé ! » s'est exclamé Édouard. Il avait en main un livre qu'il a secoué et dont il est sorti… de l'argent. « C'est 35 livres, ça fait à peu près 56 dollars en argent américain. » Il m'a fait claquer les billets à la figure.

Le découragement m'a pris quand j'ai vu Édouard sortir un autre livre et le secouer d'un geste dramatique. De l'argent s'est encore envolé, avec une nuée de poussière impressionnante.

Shelley a demandé en criant : « Pourquoi est-ce qu'elle cache de l'argent ainsi ? » (Personne ne peut faire monter le niveau de stress dans une pièce plus vite que Shelley).

Et elle a continué : « Ce que je veux dire… qu'est-ce que ça veut dire… est-ce qu'il nous faut chercher dans tout ce que nous jetons ? »

« Seulement les livres, chère petite, » a répondu Grand-maman. Ce n'était pas de la blague qu'elle reviendrait tout de suite. « C'est là que je cache mon argent, on ne peut pas se fier aux banques de ces jours-ci. »

Édouard avait déjà compris le truc : il avait choisi un livre, l'avait bien secoué, il criait si de l'argent en tombait, puis se précipitait sur le suivant. Il faut dire qu'il maîtrisait assez bien la situation, mais s'il continuait à faire les mêmes bruits stupides, j'allais devoir le tuer.

Soudain, une ombre noire s'est étendue sur le living. Clyde, le grand voisin chauffeur de taxi de Grand-maman, au sourire pratiquement sans dents, se profilait à la porte.

Il a crié : « Mamie me dit que vous avez des dons à faire pour ma prochaine brocante de coffre arrière. »

« Une brocante de coffre arrière, c'est comme une brocante de garage, » a dit Édouard en regardant à travers un nuage de poussière et de billets qui voltigeaient. « Mais en Angleterre, on ne fait pas de vente dans une allée ; au lieu de cela, on loue un emplacement dans un marché aux puces. »

Grand-maman a déclaré : « Clyde adore les brocantes de coffre arrière, il y va une fois par mois. Si on a des choses emballées vers 3 heures, il les dépose pour la vente du lendemain. »

Eh bien, il faut le dire, je ne me suis jamais activée ainsi de ma vie. Vieux vêtements, vulgaires bibelots, bouquins (sans l'argent, bien sûr), petits trucs de cuisine inutiles, mobilier passé, outils rouillés… toutes les saletés trouvées ont été flanquées à la porte dès que nous avons pu les enlever.

Tout allait à merveille. Le problème était que Grand-maman faisait une drôle de tête. En vérité, elle souriait, mais de façon assez triste ; je pouvais prétendre ne pas l'voir remarqué, mais pas longtemps.

« Qu'est-ce qui ne va pas, Grand-maman, est-ce que vous vouliez garder tout ça ? »

S'il vous plaît, dites non... S'il vous plaît, dites non... S'il vous plaît, dites non...

« Eh bien, je suppose que oui pour certaines choses, » a-t-elle répondu en regardant Shelley tirer un rideau de douche moisi de dessous l'escalier. « Je sais que ça a l'air de beaucoup de saletés pour vous, mais il y a de vrais trésors qui se cachent ici. »

J'ai menti : « Il ne me semble pas que ce soient des saletés. Voulez-vous que nous arrêtions pour que vous puissiez trier ces choses ? »

S'il vous plaît, dites non... S'il vous plaît, dites non... S'il vous plaît, dites non...

« Oui, chère enfant, merci, mais rien qu'une minute pour que je puisse sauver les choses qui me sont précieuses, » a-t-elle dit en fouillant dans une vieille malle déglinguée. « Comme ceci ! » Grand-maman souriait en brandissant ce qui semblait être une vieille maison de poupée en piteux état, sauf qu'elle était remplie de très petits morceaux de bois dont la forme et la couleur leur donnaient l'aspect de… viande.

« Ooooh... c'est un modèle réduit d'une boucherie anglaise traditionnelle, il doit bien avoir plus de 100 ans ! » Édouard s'est approché pour mieux voir, en essuyant les toiles d'araignée de ses cheveux. « Pendant la période victorienne, les parents les donnaient à leurs filles pour leur apprendre les différentes découpes de viande ; les filles étaient censées apprendre des choses pareilles avant leur mariage ! »

Ne vous laissez pas impressionner. C'est vrai qu'Édouard est un fana de l'histoire, mais il était aussi planté là avec un des soutiens-gorges de Grand-maman autour de la ceinture comme une banane ou un fanny-pack à deux poches, et il se servait des bonnets, qui tombaient jusqu'à ses genoux noueux, pour garder les billets qu'il trouvait au cours de sa folle tournée de secoueur de livres.

Grand-maman a dit : « Édouard, tu as parfaitement raison, et ceci est une autre antiquité, un des rares jouets avec lesquels les enfants victoriens avaient la permission de jouer le dimanche. » Grand-maman a montré une vieille arche de Noé défraîchie, avec au moins à peu près 20 animaux. Plus une surprenante épaisseur de poussière.

Shelley a gémi, de sa voix pleurnicheuse la plus agaçante : « Mais comment allons-nous finir aujourd'hui si nous devons tout examiner pour décider ce qu'il faut garder ? »

On en est tous restés là, perplexes.

Alors, j'ai soupiré : « Que diriez-vous si nous faisions comme une chaîne de montage ? Grand-maman, si vous vous mettez dans l'embrasure de la porte, nous pouvons faire tout passer par vous, comme ça rien ne s'en ira sans votre laissez-passer. De cette façon, vous pouvez saisir les choses auxquelles vous tenez vraiment. »

Et vous savez quoi ? Ça a marché. Grand-maman a pu sauver le meilleur de ses affaires : de vilaines lampes, de vilains tableaux, de vilaines chaises (le fait qu'un objet est ancien ne veut pas dire qu'il est joli). Et le reste du fatras est allé se garer dans la remise de Clyde jusqu'au matin de la brocante.

Bientôt, le logement de Grand-maman a eu l'air d'un vrai chez-soi, un chez-soi poussiéreux, rempli de boules de poil, mais au moins vous pourriez trouver les choses importantes (comme sur le dessus des armoires et les planchers). J'ai respiré un bon coup, Je sentais toujours ce serrement d'estomac insolite, mais au moins Shelley ne pouvait plus dire que j'étais égoïste. J'avais fait quelque chose pour aider Grand-maman.

« Tu es encore égoïste, tu sais, tu as aidé uniquement pour ne plus te sentir coupable, » a dit Shelley en passant près de moi pour aller à la cuisine (prouvant, encore une fois que son but principal dans sa vie était de gâcher le plaisir de la mienne).

Heureusement, Grand-maman a choisi juste ce moment- là pour faire un tour d'horizon.

« Eh bien, voyons, je pense que cette maison est parfaite, absolument parfaite. Vous avez fait un superbe travail ! » Grand-maman a dégrafé la banane d'Édouard et a secoué l'argent dans un tiroir de la cuisine. « Fred et moi allons faire un bout de chemin pour aller au bridge du vendredi soir chez les dames. Tout ce que je voudrais c'est que vous gardiez Rutabaga en sécurité jusqu'à mon retour dans quelques heures. »

« Rutabaga ? » a demandé Édouard.

« Rutabaga est là ! » a beuglé Clyde, en se faufilant par la porte d'entrée de Grand-maman, une fois encore.

Vous pensiez sans doute à un légume, non ? Ou à un chien, un petit, laid avec un visage plat. Ou peut-être à un chat duveteux et rageur. Non. Rutabaga est un perroquet, un de ces très grands aras. Il avait près de trois pieds de long, des yeux bleus brillants et des plumes dorées et (je ne peux pas en dire assez à ce propos) un bec qui, à le voir, aurait pu m'arracher le pouce entier d'un seul coup.

« Nous faisons le baby-sitting du petit Rutabaga ce week-end parce que Clyde emporte mes affaires à sa brocante, » a expliqué Grand-maman pendant que Clyde installait l'immense perroquet sur le dos d'une chaise de cuisine. « Rutabaga aime beaucoup regarder la *tellie*, alors vous quatre pourrez vous relaxer et dîner ensemble dans le *lounge* pendant que je ne suis pas là. »

Édouard, Shelley et moi sommes restés figés, muets pendant que Grand-maman et son vieux chien poilu disparaissaient dehors. Et quand il est devenu évident qu'elle sommes retournés pour mieux voir si…

« Oh, mince, où est-il passé ! » ai-je demandé en tombant à genoux et regardant sous la table.

« Une *tellie* est une télé. » Édouard aimait être un je-sais-tout, même durant une crise. « Et une *lounge* est un living… *Aïe ! Oh non ! Oh non ! À l'aide !* »

Édouard avait trouvé Rutabaga. En fait, il serait plus juste de dire que Rutabaga avait trouvé Édouard. L'immense oiseau était perché sur la tête d'Édouard ; il avait sans doute conclu que les boucles d'Édouard mal coiffé feraient un nid super, et il s'en vantait en faisant des gestes de yoga toutes ailes tendues.

« Retirez-le ! » criait Édouard. « Ses griffes me font mal ! »

Il était sûr que Shelley n'allait pas l'aider du tout, elle était bien trop occupée à fouiller dans son sac, tout en rigolant, pour trouver son appareil photo. Alors j'ai essayé de chasser Rutabaga de la tête d'Édouard avec le parapluie de Grand-maman et puis avec une grande cuillère en bois ; j'ai même essayé de lui faire peur en faisant claquer un journal à ses yeux.

En fin de compte, j'ai abandonné et j'ai dit à Édouard : « Assieds-toi sur le sofa, Grand-maman va revenir dans quelques heures. » C'était justement ce qu'Édouard aurait dû faire apparemment, parce que dès qu'il a mis son petit derrière maigrelet sur les coussins, Rutabaga a sauté sur le dos du sofa et s'est mis à se pavaner comme un mannequin dans un défilé de mode.

Et, il fallait bien l'admettre, après ça nous avons passé une soirée étonnamment agréable. Nous avons découvert que Rutabaga aimait bien lécher du beurre de cacahuètes dans une cuillère, boire du chocolat dans un verre et chiper du gâteau d'anniversaire dans les assiettes.

Au total, ça s'est vraiment bien passé, jusqu'au moment où Édouard a marché sur un des sept nains.

Le chat, je suis presque sûre que c'était Simplet, a fait le gros dos et sifflé vers Édouard. Malheur ! Rutabaga a littéralement explosé en s'envolant du sofa dans un terrible nuage de plumes et de pellicules ; il a traversé la pièce pour aller attraper Simplet par la queue.

« Arrêtez-le ! » a hurlé Shelley en courant à la salle de bains et en claquant la porte.

« Attention à ses griffes ! » a hurlé Édouard en se sauvant derrière le sofa et en se couvrant la tête.

J'ai crié à mon tour : « Tais-toi et viens m'aider. » Je sais, je sais… ils m'avaient déjà abandonnée, mais crier m'a fait du bien.

J'ai cherché tout autour quelque chose pour frapper Rutabaga. Il fallait que ce soit assez gros pour lui faire peur et l'obliger à lâcher Simplet, mais assez léger pour ne pas vraiment faire mal à l'idiot d'oiseau. Qu'est-ce que je pouvais bien trouver ? La seule chose était le vieux soutien-gorge de Grand-maman qu'elle avait accroché à la poignée de porte de sa chambre après l'avoir retiré d'Édouard.

J'ai saisi le soutien-gorge et je suis revenue au living à la course. Rutabaga était en train de tirer Simplet par la queue sur le sofa. Éperdu, de ses griffes de devant, le chat essayait de s'accrocher pendant que ses pattes de derrière faisaient des effets de moulin à vent. J'avais donné à Rutabaga des coups de soutien-gorge, une, deux, peut-être trois fois, quand…

« Qu'est-ce que… » C'était Grand-maman, à l'entrée, s'appuyant contre Fred d'une drôle de façon instable.

« Qu'est-ce qui peut bien se passer ici ? » C'était Tante Gay. Elle était debout derrière Grand-maman et, se penchant pour mieux voir, elle me regardait d'un œil mauvais.

« Je… Il fallait bien ! Rutabaga a attaqué Simplet ! » ai-je dit en essayant de cacher le soutien-gorge derrière mon dos (vous pouvez imaginer avec quel succès).

J'ai montré le sofa… mais il n'y avait rien. Rutabaga était perché sur le dos d'une chaise de la cuisine se balançant calmement, l'air tout à fait innocent. Et Simplet ? Il était couché par terre, en train de faire sa toilette comme si de rien n'était.

Tante Gay a demandé : « Est-ce que tout le monde dans cette famille a perdu la tête ? » C'était une question plutôt comique, venant d'une femme avec un gros nœud jaune sur sa chemise et un vulgaire petit machin à fleurs piqué dans son chapeau.

« Oh, arrête de faire tant d'histoires. » Grand-maman a titubé vers le sofa et s'y est affalée. Fred, comme s'ils étaient reliés par un cordon invisible, titubant derrière elle, s'est laissé tomber par terre à ses pieds. Tout à coup, Fred a fait un renvoi et Grand-maman a éclaté de rire.

« Tu es soûle ! » Tante Gay a lancé un regard sévère à sa sœur. « Cette stupide soirée de bridge n'est qu'une excuse pour toi de te rendre ridicule devant une bande de vieilles femmes séniles. »

« Elles ne sont pas plus séniles que toi, » a répondu Grand-maman en essayant, sans y parvenir facilement, d'envoyer valser ses souliers. « Et peut-être, si tu te laissais aller une fois de temps en temps, qu'il n'aurait pas fallu 64 ans pour trouver quelqu'un qui voulait bien t'épouser. »

Eh bien, s'il était possible qu'une tête éclate, ça aurait été la fin de Tante Gay une fois pour toutes. Au lieu de ça, elle a tonitrué tout autour de la pièce en criant : « J'en ai marre de toi. Tu perds la tête… tu es trop vieille pour t'occuper de toi-même… tu es une souillon… tu es une ivrogne… ton chien est un ivrogne… »

Ça a continué, et ça continuait, vous voyez le jeu. Et quand sa voiture a quitté l'allée en trombe, Édouard et Shelley sont sortis de leurs cachettes en rampant.

Édouard a dit tout simplement : « Elle n'a même pas remarqué comme la maison est propre et rangée. » C'était vrai. Nous avions passé toute la journée à nettoyer la maison de Grand-maman… et ça n'avait servi absolument à rien.

Chapitre 7

Quand les soirées dégustation vont très mal

« Tante Gay est sûre que vous ne pouvez pas vous en tirer toute seule, » a dit Shelley. « Qu'est-ce que vous allez faire ? »

Grand-maman a froncé les sourcils en essayant, sans succès, d'arranger ses cheveux. Elle aimait bien porter un petit chignon gris, mais pour le moment des mèches se hérissaient tout autour de sa tête lui donnant l'air de vouloir redevenir teenager.

« Ne vous approchez pas d'un pont avant de le traverser… ne traversez pas un pont avant de… eh bien, vous savez ce que je veux dire. » Sur ces expressions de grande sagesse, Grand-maman s'est soulevée du sofa à grand effort et s'est dirigée vers la salle de bains. Fred s'est levé pesamment et l'a suivie, son derrière colossal balançant de gauche à droite comme une caravane branlante.

Boum. Fred s'est écrasé, tête première contre le mur. C'est vrai qu'il était son loyal compagnon, mais il avait l'intelligence d'un navet.

Fred a secoué la tête, arrosant ainsi de bave canine toute la pièce, puis il s'est allongé par terre. Quand Grand-maman est sortie, elle l'a enjambé sans regarder, ce qui m'a fait soupçonner qu'ils avaient déjà fait comme ça. Ses cheveux, pour la plupart en tout cas, étaient redevenus le chignon habituel.

« Est-ce que vous… euh, jouez au bridge tous les vendredis ? » ai-je demandé.

Grand-maman a ri. « Nous avions l'habitude de jouer au bridge, mais c'est un jeu bon pour les vieilles dames. Nous avons changé, nous sommes passées à la fabrication du vin l'année dernière. Je ne l'ai pas dit à votre Tante Gay parce qu'elle, elle aime penser qu'elle est une personne qui ne boit jamais. »

Édouard s'est arrêté à mi-chemin dans l'escalier en disant : « Elle aime penser… ? »

« Je l'ai vue s'imbiber de gin tonic, chéri, » a répondu Grand-maman. « Ce n'est pas beau à voir. »

Grand-mamam est allée tout droit au frigo et en a tiré un drôle d'assortiment de bouteilles.

« Euh… vous êtes sûre que vous devriez encore boire ce soir ? » ai-je demandé.

« Oh, tais-toi donc ; nous allons tout juste faire une petite dégustation, » a répondu Grand-maman en riant. « J'aimerais avoir ton avis sur mes toutes nouvelles créations ; et tu ne refuseras pas quelques petites gorgées de vin, n'est-ce pas ? »

Grand-maman n'a pas attendu la réponse. Elle a rempli un grand bol de cacahuètes enrobées de chocolat (« pour nettoyer votre palais entre les petits coups » a-t-elle expliqué), puis elle a débouché les bouteilles.

La première gorgée m'a fait un choc. J'avais déjà essayé du vin, mais rien de semblable. Il m'est monté au nez comme du raifort, m'a mis les larmes aux yeux et m'a.

« Le contenu en alcool est peut-être un peu haut, » a dit Grand-maman en me passant un kleenex. « Je commence à me demander si je me suis trompée de levure dans celui-ci. »

J'ai lancé un regard à Shelley. Elle avait les yeux grands ouverts et le nez rouge, tout comme la fois où je l'ai défiée d'avaler de la pommade Vicks VapoRub quand nous étions gosses. Rutabaga lui-même reniflait étrangement, regrettant sans doute d'avoir subtilisé une gorgée dans le verre de Grand-maman.

J'ai terminé le mien aussi vite que possible — heureusement Grand-maman ne m'avait versé qu'un demi-verre — et puis je l'ai regardée déboucher la bouteille suivante. Bizarrement, ce vin-là ressemblait beaucoup à du soda au raisin, il a même moussé, quand Grand-maman l'a versé. Et il avait aussi le goût du soda au raisin, fruité et doux.

« C'est délicieux. » J'ai tenté de réprimer une envie de renvoi. « Je ne me rendais pas compte que le vin pouvait avoir si bon goût. »

« Eh bien, ce n'est pas le goût que ça devrait avoir, » a dit Grand-maman en en versant dans un bol pour Rutabaga. « Je crois que j'ai mis trop de sucre, c'est pourquoi la levure a tant gonflé et fait des bulles ; j'en apprends toujours, c'est vrai. »

« Grand-maman... » Ma poitrine se serrait. Il fallait absolument parler de placer Grand-maman dans une maison de retraite, mais j'avais peur d'aborder le sujet.

« Grand-maman, je... »

« Oh, Monica, je sais bien. » Elle avala une gorgée de son vin soda-au-raisin et poussa un soupir. « Ta Tante Gay pense qu'il est temps pour moi d'entrer dans une maison de repos, et comme c'est elle qui a aidé ses frères quand leur temps est venu, ta maman présume qu'elle doit avoir raison. »

Grand-maman a jeté un regard aux quatre chats affalés sur le plan de travail de la cuisine en train de faire leur toilette. « Et parce que tu aimes bien quand les choses sont propres et bien rangées, tu imagines mal comment vivre dans, enfin, ceci, alors toi aussi tu présumes qu'elle doit avoir raison. Alors maintenant tu cherches un moyen de me persuader de quitter ce qui est ma maison depuis près de 60 ans et de déménager dans un endroit pour des gens qui passent leur temps à attendre de mourir. »

J'ai ouvert la bouche et je l'ai vite refermée. Non, mais vraiment, que dire quand quelqu'un s'insinue dans votre esprit et lit vos pensées ? Que diriez-vous quand ce que vous avez pensé devient affreux quand c'est dit à haute voix ?

Shelley s'est penchée vers moi et m'a flanqué un coup de coude. « Bonne façon de gâter une soirée, idiote. »

Grand-maman a regardé Shelley puis moi, et elle s'est mise à rire. « C'est impossible de gâter une soirée tant qu'on a du vin fait chez soi ! » a-t-elle dit en débouchant une autre bouteille.

« ROTT ! » a fait Rutabaga en secouant la tête. Il s'est avéré que le vin de Grand-maman pouvait faire éructer un perroquet.

Sincèrement, la bouteille suivante était écœurante. Grand-maman l'a appelée « blanc sec, » mais j'ai trouvé qu'elle avait le goût de sirop pour la toux (toutefois, j'ai bu tout le verre par politesse, bien sûr). Heureusement, Grand-maman avait encore une bouteille de vin soda-au-raisin dans le frigo, de sorte que j'ai pu me débarrasser de l'arrière-goût de sirop pour la toux.

J'ai dit : « Suissi est rellment blon, Glanmaman, je veux dire… il est bron, Gamman… » Zut alors ! Qu'est-ce qui arrive à ma langue ?

Grand-maman fronça les sourcils jusqu'à la racine de ses cheveux tant elle essayait de ne pas rire. Shelley n'essayait même pas, elle rigolait comme une folle.

« Bien fait, Monica, » a dit Shelley en se lançant une cacahuète au chocolat dans la bouche. Malheureusement, pour elle au moins, le bonbon a ricoché sur sa joue et a roulé par terre jusqu'au living.

« Monica, va ouvrir la porte, s'il te plaît, » a dit Grand-maman.

La porte ? Je n'avais pas entendu frapper, mais si Grand-maman voulait que j'ouvre la porte, j'irais ouvrir la porte.

Je n'arrivais pas à la porte.

C'était vraiment bizarre. Je pouvais me tenir debout. Mais dès que j'essayais de marcher, eh bien mes jambes ne savaient pas du tout comment faire. Pour bouger un pied, ce qui est, en somme, nécessaire si on veut arriver à une porte, je devais lever ce genou-là, puis en quelque sorte lancer toute la jambe de l'avant en espérant qu'elle aboutirait à une distance raisonnable de mon corps. Et elle n'y est pas toujours arrivée. J'avais l'air d'un robot handicapé des vieux films de fin de soirée. Je suis enfin parvenue à la porte, mais j'ai eu beau essayer de tourner la poignée, rien n'a bougé.

J'avais pratiquement renoncé quand, tout à coup, la porte s'est ouverte toute grande. Comme ma main était restée accrochée à la poignée, je suis sortie en titubant et je suis tombée dans les bras du plus superbe type que j'aie jamais vu de ma vie. Il était grand, il avait de larges épaules, des cheveux foncés abondants, de grands yeux marron et des cils d'une longueur ridicule. En plus, il sentait très bon, comme s'il venait de sortir d'une douche chaude et savonneuse, et qu'il avait ensuite décidé de me trouver et de me ravir. Il était d'une perfection absolue.

J'ai relevé la tête pour le regarder amoureusement dans les yeux, mais ma tête, qui roulait dans tous le sens comme une boule de bowling au bout d'un bâton, était remontée trop haut. Après avoir regardé amoureusement le dessus de son crâne pendant quelques minutes, j'ai essayé (encore une fois) de trouver ses yeux, mais ma boule de bowling a roulé si loin vers l'avant que j'ai fini par regarder amoureusement sa poitrine.

« Messi peur… m'attraper, » ai-je dit à sa poitrine. Zut ! Je n'arrivais pas à parler correctement.

« Clyde, quel plaisir de te revoir ! » Grand-maman l'a salué en le priant d'entrer.

Clyde ? Ce vieux Clyde le chauffeur de taxi au sourire édenté. Apparemment j'avais des hallucinations. J'ai reculé pour mieux voir, j'ai trébuché sur le pas de la porte et je suis tombée sur mon derrière.

Je n'ai pas eu besoin de me retourner pour comprendre que les sifflements de respiration provenant de la cuisine étaient ceux que faisait Shelley ; elle riait si fort qu'elle en était arrivée au point où tout ce qu'on peut espérer c'est de ne pas grogner comme un cochon. Cela me rassure de pouvoir dire que Grand-maman ne faisait pas attention à elle.

« Monica, Shelley, vous connaissez Clyde, » a-t-elle dit. « Eh bien, c'est son fils. Clyde junior. Il a 16 ans. » Je l'ai à peine entendue, bien sûr, parce que le type le plus superbe que j'aie jamais vu de toute ma vie était en train de me remettre debout. Il a plongé son regard dans mes yeux pendant au moins deux secondes (croyez-moi, c'était divin) avant de regarder tout autour de la pièce.

Il se fait qu'il y avait beaucoup à voir. Édouard, qui s'était caché en-haut pendant la soirée de dégustation, avait passé la tête à travers le trou du plafond et nous faisait de stupides grimaces. Shelley et Grand-maman étaient effondrées sur la table, entourées de bouteilles vides et de verres à vin. Et Rutabaga…

Clyde junior a dit : « Oh, Rutabaga, tu ne vas pas recommencer ! » Rutabaga marchait vers nous sur la table. Curieusement, il se penchait sur le côté come s'il s'aidait d'une canne trop courte. Et quand il est arrivé au bord de la table, au lieu d'épanouir ses ailes et de s'envoler gracieusement (comme font les perroquets, paraît-il), il a continué de marcher… a dépassé la table et est tombé bec premier par terre.

Frou-frou. Un nuage de plumes s'est envolé.

En souriant, Clyde a dit : « Je vois que vous avez goûté du vin fait maison de Mamie. Je suis venu juste pour vous dire que je suis allé chercher mon costume pour le mariage de votre tante, et que je viendrai tout seul. »

Shelley a demandé : « Vous venez au mariage ? Sans personne qui vous accompagne ? »

Tout à coup, Shelley a bondi de sa chaise, la faisant tomber par terre (elle avait bu pas mal de vin soda-au-raisin et cela commençait à se voir). Elle a traversé la pièce d'un pas nonchalant vers Clyde, tout en remuant ses nichons gigantesques. Elle avait l'air idiot. On l'aurait prise pour une traînée. Oui, j'étais jalouse.

Parce que je n'avais rien à remuer, j'ai décidé de m'asseoir et de prendre un air intelligent. J'ai planté mon coude sur la table et reposé mon menton dans la main. Malheureusement, je n'étais pas aussi près de la table que je l'avais cru. Mon coude a glissé et ma tête est tombée brusquement… très fort. Ma tête n'a pas heurté la table, mais je l'ai …échappé belle.

Heureusement, Clyde n'avait pas remarqué. Il n'avait rien remarqué depuis que Shelley avait commencé à cligner des paupières et à faire danser ses cheveux.

« Alors, où est-ce que vous travaillez ? » a-t-elle demandé d'une voix basse essoufflée.

Il a répondu : « Eh bien, je suis toujours à l'école, mais je travaille au Garage Titty Ho le week-end. » Shelley a eu l'air perplexe, mais elle a de nouveau fait rebondir ses nichons.

« Qu'est-ce que vous faites là ? » a-t-elle demandé.

Je n'ai aucune idée de ce qu'il a dit à cause de Rutabaga, bien que « réparer des voitures » le résume probablement assez bien. Avez-vous jamais vu un perroquet grimper dans un arbre ? Eh bien, Rutabaga a grimpé le pied de la table comme si c'était un arbre, mordant le bois, se hissant tout seul, mordant le bois, se hissant tout seul, un pas de pochard à la fois. Et quand il a enfin atteint le dessus de la table, il s'est dressé tout grand et tout fier, il a battu des ailes très fort… puis il est tombé par terre à la renverse, encore une fois.

Rutabaga était à mi-chemin de sa seconde ascension lorsque Clyde s'est échappé. « Il faut que j'y aille ! » a-t-il dit, souriant (vers moi !) et en sortant à reculons. « Je vous retrouverai au mariage. »

Shelley est restée à regarder par la fenêtre Clyde qui disparaissait le long du chemin.

« Tu peux ranger tes nichons maintenant, il est parti, » ai-je dit.

« Va te faire… ! » a murmuré Shelley en titubant vers le sofa. Apparemment elle ne se sentait pas mieux que moi.

J'ai dit : « Il faut faire quelque chose. Il faut prouver que Grand-maman n'est pas folle. Tu sais, peut-être qu'elle pourrait rester ici si elle avait une gouvernante. Alors peut-être que Maman serait satisfaite et rassurée. Et peut-être, tout juste peut-être, que je pourrais aller à mon camp de vacances. »

« Je ne suis pas folle, » a dit Grand-maman en regardant à travers les bouteilles de vin vides. « Et je n'ai pas besoin d'une gouvernante. »

« Berk, » a dit Shelley.

J'ai dit : « Nous devons prouver que c'est Tante Gay qui est folle. »

« Elle est folle, » ont dit les bouteilles de vin.

« Berk » a répété Shelley.

« Il nous faut… » Je séchais. Je ne pouvais pas supporter le sentiment de culpabilité, mais je ne pouvais pas non plus accepter l'idée de perdre l'occasion du voyage le plus merveilleux de ma vie. Il fallait trouver un moyen de résoudre ce problème épineux.

J'ai dit : « Vous savez… si nous attrapons Tante Gay en train de faire quelque chose de vraiment tordu, Maman ne la croira pas quand elle prétend qu'il y a quelque chose qui ne va pas chez Grand-maman. Si nous espionnons Tante Gay, peut-être que nous pouvons la surprendre en train de faire quelque chose qui la ferait paraître gâteuse ! »

Édouard a passé son bras par le trou du plafond et s'est mis à l'agiter dans tous les sens. « Oh, Monica, s'il te plaît, laisse-moi aider. Je suis né destiné à l'espionnage ! »

C'était vrai, en fait. S'il y avait quelque chose qu'Édouard pouvait faire très bien, c'était rôder tout autour de lui pour espionner les gens quand ils croient être seuls. C'était à vous donner la chair de poule, il faut bien le dire.

« Berk. » Shelley s'était mise en boule, les mains sur l'estomac. « Laisse tomber. Je n'y vais pas. »

Elle est venue, bien sûr ; ça lui a fait une excuse pour se lamenter.

« Il me semble que j'ai la crève, » a-t-elle dit pendant que nous descendions vers la maison de Tante Gay.

Elle a ajouté : « Je vais dégobiller, » quand nous traversions sur la pointe des pieds la pelouse de Tante Gay.

« Je te déteste, » m'a-t-elle dit pendant que nous grimpions dans le grand arbre de Tante Gay.

Nous faisions pas mal de progrès malgré les jérémiades de Shelley. Et j'étais presque sûre que nous aurions découvert quelque chose de vraiment bon, quelque chose qui aurait suggéré que Tante Gay était une vraie cinglée, si on ne nous avait pas vus.

« Eh là ! qu'est-ce que vous faites là ? » J'ai regardé vers le bas pour voir d'où venait cette grosse voix. C'était celle d'un policier planté juste en-dessous de la branche de Shelley, pointant sa torche dans notre direction.

Mon sang n'a fait qu'un tour quand Édouard a ouvert la bouche et crié : « Nous espionnons notre grande-tante. Nous voulons qu'elle ait l'air dingue pour qu'on n'envoie pas notre grand-maman dans une maison de vieillards. Monica pense qu'elle devrait avoir une babysitteuse, mais c'est parce que Monica est une perfectionniste. Shelley n'a rien fait pour nous aider, mais c'est parce qu'elle est soûle. »

« Je ne… pas…Je du tout… Je ne suis pas du tout soûle, » a dit Shelley en regardant fixement l'homme qui, j'en étais sûre, allait nous jeter en prison à vie.

Vous savez, j'ai toujours cru qu'aucun problème n'est si grave qu'il ne peut pas, d'une façon ou d'une autre, être rendu infiniment plus grave encore. C'est pourquoi cela ne m'a pas du tout étonné que Shelley choisisse ce moment-là pour vomir.

Chapitre 8

La gueule de bois… ce n'est pas pour les mauviettes

Silence. C'était ça le pire de toute l'affaire. S'il nous avait crié dessus, s'il nous avait forcé de descendre de l'arbre, eh, même s'il avait tiré sur nous, ça aurait été plus facile à digérer. Mais il n'en a rien fait. Au lieu de cela, il a calmement reculé de trois pas et il est resté là à attendre.

Donc nous sommes descendus dignement (nous avons essayé au moins). Ensuite nous avons écouté en silence quand il nous a sermonnés sur les dangers des excès de boisson et l'importance de connaître nos limites, tout cela alors que des filets de vomi s'écoulaient doucement sur son uniforme.

Je ne me suis jamais sentie si coupable de toute ma vie, et je n'étais même pas celle qui avait vomi sur lui. Une chose était certaine : la nuit ne pouvait être pire.

« Que diable se passe-t-il ? » C'était Tante Gay. Elle était à son porche en peignoir et pantoufles pelucheuses d'un vif orange. Elle avait les cheveux enroulés autour d'immenses bigoudis verts, et elle avait une sorte d'épaisse crème blanche sur tout le visage. On aurait dit un tube distributeur de bonbons Pez. Un distributeur Pez très fâché.

Édouard a chuchoté : « S'il vous plaît, jetez-nous en prison. » Mais le policier n'a pas répondu, il regardait Tante Gay, muet d'incrédulité.

« C'est la faute de votre grand-mère, » a crié Tante Gay (à tous les quatre, ce qui n'était vraiment pas juste, à la réflexion). « Cette femme ne peut pas s'en tirer toute seule, ni s'occuper des autres non plus. Elle est dangereuse ! »

Tante Gay a claqué sa porte si fort que les fenêtres ont tremblé, puis elle est partie comme un ouragan vers la maison de Grand-maman, toujours en peignoir et pantoufles, et ses bigoudis. Elle nous a crié : « Dépêchez-vous, j'en ai eu assez de ces idioties ! »

« S'il vous plaît, mettez-nous en prison, » a murmuré Édouard encore une fois en regardant Tante Gay prendre la route d'un pas lourd et bien décidé.

« Pas besoin, » a dit le policier, un petit sourire pincé aux lèvres. « On dirait que vous allez être suffisamment punis comme ça. »

Et après cela, il est parti.

Bien entendu, ce que Grand-maman aurait dû faire quand nous sommes arrivés chez elle, c'était avoir l'air gênée, s'excuser d'avoir abandonné deux teenagers et un petit garçon hyperactif, et promettre que cela n'arriverait plus jamais, jamais.

Mais c'est de Grand-maman qu'il s'agit ici. Alors la première chose qu'elle a faite c'est d'éclater de rire (on ne pouvait vraiment pas la critiquer, Tante Gay avait l'air ridicule). Et la seconde chose qu'elle a faite, n'a pratiquement servi à rien, non plus.

« Oh, pour l'amour de Dieu, Gay, ce sont des enfants. Les enfants commettent des erreurs. » Grand-maman s'est laissée tomber dans son fauteuil favori, pendant qu'Édouard montait vite se cacher (il n'est pas bête, pour sûr).

« Des enfants ? Des enfants ? Ils sont assez grands pour se soûler, ce qui veut dire qu'ils sont assez âgés pour s'occuper de… non, je veux dire que c'est toi qui étais censée t'occuper d'… je veux dire… gueurrrrrr ! Tu es si contrariante ! »

Tante Gay devait sentir le besoin d'une pause au milieu de sa diatribe parce qu'elle a cessé de crier ; elle est restée là à lancer des regards furieux sur le tas de vaisselle sale dans l'évier, les chats se baladant sur le plan de travail, les journaux traînant sur la table basse… Puis, elle a vu, horrifiée, le spectacle de Rutabaga qui avait choisi ce moment-là, vraiment le plus mauvais moment imaginable, pour faire ses besoins sur la table de la cuisine.

« Ça y est, c'est fait, » a dit Tante Gay en hochant la tête. « J'ai déjà appelé le foyer social et ils sont d'accord pour te recevoir mardi. Nous emballerons tes affaires après le mariage. »

« Mais, Tante Gay, est-ce qu'on ne pourrait pas embaucher une gouvernante ? » Mon cœur battait, je pouvais l'entendre dans mes oreilles. Je ne m'étais jamais disputée avec un distributeur de Pez et, il faut le dire, c'était étonnamment effrayant.

Tante Gay s'est tournée vers moi et m'a regardée froidement. « À quoi est-ce que cela pourrait servir ? »

« Eh bien, alors elle serait contente peut-être et tout le monde serait heureux de savoir qu'elle ne quitte pas sa maison. »

Tante Gay a plissé les yeux et dit : « Tout le monde serait heureux ? Qu'est-ce que tu manigances ? Est-ce que tu te rends compte de ce qu'une gouvernante peut coûter ? »

« J'ess… J'essaie de trouver une solution de compromis. Peut-être que si on nettoyait bien la maison de Grand-maman et qu'on trouve quelqu'un pour l'entretenir dans cet état-là, elle pourrait rester ici. » J'ai détaché mes coudes de ma poitrine, mes aisselles suaient abondamment. J'en étais malade.

Tante Gay a hoché la tête de dégoût. « Il faudrait que tu réduises cette maison en cendres pour qu'elle ait plus bel air, toi plus que n'importe qui, tu sais que cette maison est un désastre. » Après ça, Tante Gay est sortie en claquant la porte d'un de ses plus beaux gestes de diva, et la maison est retombée dans le silence.

« Aujourd'hui, c'est vendredi… le mariage de Tante Gay c'est lundi, » a dit Édouard. « Dans trois jours, nous emballerons les affaires de Grand-maman. »

Shelley a dit : « Sais-tu bien, Monica, que tu fais pire. » J'avais presque oublié Shelley, à vrai dire. Elle s'était adossée au frigo au moment où nous étions rentrés et, comme un magnet qui retient trop de petits papiers, elle avait glissé le long de la porte du frigo lentement et régulièrement. Encore quelques centimètres et elle serait assise par terre.

J'ai dit : « Maman arrivera dès que possible. Nous n'avons qu'à lui prouver que nous pouvons retaper cette maison et trouver de l'aide pour Grand-maman. »

« Tu n'y comprends rien ! » a dit le magnet du frigo, « Maman ne sera pas d'accord concernant la gouvernante, nous n'avons pas les moyens, et tu en es toujours à croire que tu peux faire de Grand-maman une maniaque de la propreté comme toi. »

« Je… j'essaie de penser. Tais-toi et laisse-moi réfléchir. » Je dansais sur un pied puis l'autre essayant d'y voir plus clair.

« Zut, j'en ai marre. » C'était encore le magnet du frigo. « Tu fais la bégueule et la magnanime, mais tout ce que tu veux, c'est ce stupide voyage scientifique, et on le sait bien. »

J'ai jeté un coup d'œil en direction de Grand-maman. « Cesse, Shelley. Tu sais bien que ce n'est pas vrai. »

« Si, c'est vrai. Et maintenant que tu te sens coupable, tu cherches un stupide compromis pour contenter maman et faire ton voyage. Tu te fiches du fait que Grand-maman ne veut rien de tout cela. »

« Shelley, s'il te plaît… » Est-ce qu'elle la fermerait jamais ? La gorge serrée, je refoulais les larmes.

C'était vrai, je voulais vraiment ce voyage, plus que n'importe quoi de ma vie. Si Grand-maman était dans une maison de retraite, ou au moins si elle avait une gouvernante, elle serait donc dans une situation fixe et sûre, et moi je pourrais jouir du meilleur mois d'août de ma vie. Je n'étais pas la plus complètement égoïste, mais je n'étais pas fière de moi, non plus.

« Oh, Monica, ce n'est pas si grave. Je me souviens encore assez bien de ce que c'est d'être teenager, » a dit tristement Grand-maman en poussant un soupir. « Mais j'habite cette maison depuis 60 ans et je conçois mal l'idée de la quitter. »

« Grand-maman, s'il vous plaît, pensez à engager une gouvernante. Vous avez besoin d'aide, et cela suffirait peut-être pour satisfaire Maman et faire taire Tante Gay. »

Shelley m'a lancé un regard furieux.

J'ai demandé : « Pourquoi ne faites- vous… Pourquoi ne nous emmenez-vous pas faire une visite de Londres ? Nous pourrions admirer les sites, prendre des photos. Si vous organisez une grande excursion, ne pensez-vous pas que cela prouvera à Maman que vous pouvez vous en tirer toute seule ? »

Grand-maman m'a regardée en souriant (un peu tristement). « Je suppose que cela pourrait marcher. Partons demain matin de bonne heure. » Le magnet de frigo a grogné, sans plus.

Je suis allée me coucher avec des images de Londres flottant dans ma tête. Ça allait être un jour sensationnel.

Ou non.

Avez-vous jamais entendu quelqu'un dire qu'il se sent « malade à crever » ? En me réveillant, j'ai senti tout de suite ce que cela veut dire. Ma tête était épaisse et moite de sueur, comme si j'étais coincée dans une grosse pastèque. Et la pastèque était remplie de tout petits lutins qui me perçaient les prunelles avec de toutes petites fourchettes. Mon estomac tournait follement, plein de toutes sortes de choses qu'il ne prétendait pas digérer. Mes jambes, mes bras… étaient si lourds que je ne pouvais pas les bouger.

Et je n'exagère pas. Allez essayer de combiner la fatigue du décalage horaire avec une quantité excessive de vin, puis grimper un arbre, manquer de vous faire arrêter, puis passer la nuit avec un énorme chien qui ne tient pas en place et ne veut pas quitter votre lit, et dites-moi comment vous vous sentez. Vous vous sentirez malade à crever, c'est ainsi que vous vous sentirez.

Bien entendu, comme je l'ai déjà dit, je suis absolument sûre qu'aucune situation n'est si grave qu'elle ne peut pas, d'une façon ou d'une autre, être rendue plus grave encore. Alors, je me suis levée.

Tout à coup, le papier-peint de Grand-maman n'était plus couvert de rayures. Il était couvert de lignes onduleuses qui, eh bien, ondulaient, je ne pourrais vraiment pas le décrire autrement. Et les lutins ont commencé à piquer mes yeux avec des fourchettes grand format.

J'ai tenté de m'asseoir, mais j'ai raté le bord du lit. Bref, c'est pourquoi j'ai fini par me diriger vers l'escalier à quatre pattes, puis de descendre l'escalier à reculons pour aller au living. J'avais l'air idiote, je sais, mais c'était beaucoup moins écœurant que de faire face au papier-peint onduleux. Heureusement il était encore tôt, personne ne serait réveillé pour me voir.

« Bonjour, Monica ! » c'était Édouard qui criait en ouvrant le journal et l'étalant sur la table (ne vous laissez pas impressionner, il ne lit que les bédés).

« Édouard, s'il te plaît, ne crie pas, » lui ai-je dit en appuyant les mains sur mes yeux pour essayer d'écrabouiller les lutins.

« C'est exactement ce que Shelley a dit, » a braillé Édouard ; il n'avait vraiment qu'un seul volume. « Sauf qu'elle, elle n'a pas dit s'il te plaît. »

Shelley. Il m'a fallu une minute pour voir clair, mais pour sûr, elle était là, avachie sur la table de la cuisine, ses cheveux lui couvrant le visage.

« Je vais te chercher un café, » Édouard a bondi de sa chaise. « Je l'ai fait moi-même. »

« La caféine te fera du bien. » a murmuré Shelley. « Je me sens beaucoup mieux maintenant. »

Je me suis assise lentement pendant qu'Édouard posait un grand mug devant moi. Une gorgée et mes yeux se sont ouverts d'un coup, ouverts tout grands. Mais en même temps, j'essayais d'avaler ce que je venais de mettre en bouche, tandis que mon estomac s'efforçait vaillamment de le renvoyer d'où cela venait.

« Qu'est-ce que c'est que ça ? » ai-je demandé en essuyant les larmes de mes yeux.

« Du café, » dit-il, l'air irrité ; il semblait bien qu'il ait eu la même réaction de la part de Shelley. « J'ai mélangé quatre cuillerées à soupe de café instantané à quatre cuillerées à soupe de lait en poudre, puis j'ai rempli la tasse d'eau chaude du robinet et j'ai ajouté du sucre. C'est essentiellement la même chose que du café ordinaire, mais je n'ai pas dû faire bouillir de l'eau, ce qui économise de l'énergie. »

Shelley a relevé la tête juste le temps qu'il a fallu pour me lancer un regard insolent. « J'ai dit que ça aiderait. Je n'ai pas dit que ça avait bon goût. »

Flûte. Même avec la gueule de bois, elle restait garce.

Tout à coup, la porte de la salle de bains s'est ouverte brusquement et Grand-maman est sortie de son pas de guerre, portant un énorme peignoir pelucheux. « C'est l'heure de partir ! J'ai exactement tout ce qu'il nous faut comme ensemble ! » Grand-maman a traversé la pièce à toute allure et a sorti un grand sac de dessous l'escalier.

Elle a renversé le sac et en sont tombés…

« Des rayures ? » a demandé Édouard.

« Des rayures ! » a dit Grand-maman en souriant. Elle a brandi un large pantalon entièrement couvert de rayures aux couleurs vives, toutes les couleurs de l'arc-en-ciel plus quelques couleurs qu'aucun arc-en-ciel qui se respecte ne voudrait montrer. « Celui-ci est pour moi, bien sûr. »

Ensuite, elle en a montré un court, ridiculement étroit, en disant : « Et celui-ci c'est pour toi, Édouard. »

Deux pantalons plus longs ont suivi. « Un pour toi et un pour toi, » a dit Grand-maman avec un sourire vers Shelley et vers moi. « Et regardez : des chemises assorties ! »

Une bonne nouvelle ? Les chemises n'étaient pas rayées. Une mauvaise nouvelle ? Elles étaient du plus vilain vert que j'aie jamais vu. Vomi de grenouille fluorescent, c'est ce que Crayola les auraient appelées (non que Crayola aurait même pensé produire une couleur aussi nauséabonde).

« J'ai fait faire les ensembles assortis, » a dit Grand-maman ce qui était malheureusement évident. « J'ai pensé qu'on s'amuserait bien avec ça, peut-être pour affoler Tante Gay si on les portait à la répétition générale du mariage. Mais ils sont parfaits pour l'aventure d'aujourd'hui. En plus, ils sont bêtes et amusants, et il n'y a rien contre bête et amusant, n'est-ce pas, Édouard ? »

« Rien du tout, » a dit Édouard qui avait déjà enfilé le pantalon et se débattait avec l'affreuse chemise.

Grand-maman a balancé un pantalon rayé et une chemise vomi de grenouille sur un bras et est partie à grand bruit vers sa chambre. Comme si elle allait les mettre. Comme si elle se figurait que nous aussi, nous allions les mettre.

« Habillez-vous, les filles, ces ensembles nous aideront à nous retrouver dans la foule, » Grand-maman a appelé de sa chambre. « Il faut s'activer, il y a beaucoup de choses à faire à Londres, mais d'abord il faut conduire jusqu'à Bedford, trouver un endroit pour se garer, puis prendre un train pour Thameslink Station, puis le métro jusqu'à Piccadilly… »

Ou quelque chose comme ça. Je ne suis pas très sûre de ce qu'elle a dit parce que j'étais un peu distraite à cause du pantalon que j'avais en main.

« Allons donc, génie que tu es, » a dit Shelley en titubant vers la salle de bains. « Tu voulais faire cette excursion stupide, eh bien maintenant tu peux avoir l'air stupide en la faisant. »

Les quelques minutes suivantes se sont passées dans une sorte de brouillard, mais Shelley et moi avons pu nous habiller, nous brosser les dents et monter dans la voiture. Les succès de la matinée ? Ni l'une ni l'autre n'a vomi et je n'ai pas été aveuglée à regarder tous ces pantalons rayés au cours de ce long trajet.

« Hmmmm... » a fait Grand-maman en entrant dans la gare de Bedford.

« Qu'est-ce que hmmmm veut dire ? » a demandé Édouard en lissant son pantalon pour peut-être la millionième fois.

« Hmmmm veut dire... eh bien que je suis un peu étonnée. » Grand-maman a parcouru lentement le parking pour trouver une place libre. « Je ne comprends pas pourquoi c'est si occupé aujourd'hui. J'espère que vous voudrez bien marcher un petit peu. »

Je me suis regardée dans le rétroviseur essayant de fixer mon regard sur l'étrangère au teint de papier mâché et aux yeux gonflés qui me regardait. « Bien sûr, Grand-maman, tout ce que vous voulez. »

« Tu es folle ? » m'a sifflé Shelley. « Je suis au plus mal foutue et nous avons des airs de crétins. Nous ne pouvons aller nulle part à pied. »

« Trois jours, Shelley, » ai-je renvoyé son sifflement. « Nous avons trois jours pour prouver que Grand-maman peut s'en tirer avec pas plus qu'une gouvernante. »

« Tu es idiote, » a murmuré Shelley, en se penchant doucement, très doucement, contre la fenêtre. Il semblait bien que les lutins aux fourchettes s'en prenaient à ses prunelles aussi. Bien fait.

« Je meurs d'envie de voir la tour de Londres, » a dit Édouard alors que nous étions emportés par la foule dans le train bondé à craquer. « Et Westminster Abbey et Buckingham Palace et… »

J'ai demandé à Grand-maman : « Par où allons-nous commencer ? »

« Oh, mon Dieu ! Je n'ai aucune idée. » Grand-maman a passé l'appareil photo à Édouard et s'est mise à chercher une place.

« Mais vous avez un programme, n'est-ce pas ? Vous savez où nous devrions aller ? »

« Aucune idée, » a dit Grand-maman en riant. « Je ne vais jamais en ville, ceci sera mon premier voyage en 31 ans. »

Shelley et moi nous sommes regardées, nauséeuses, fatiguées et maintenant un peu paniquées.

« Hé, regardez ça, il y a un arrêt de métro qui s'appelle Cockfosters ! » a crié Édouard, en prenant des photos de l'immense plan au mur.

Click...clic...clic...

Quelquefois, la meilleure façon de traiter Édouard est de faire comme s'l n'était pas là. Cette fois-ci en était une.

J'ai demandé : « Mais Grand-maman ! Si vous ne connaissez rien à Londres, comment pouvez-vous nous emmener faire une visite qui impressionnera Maman ? »

Clic...clic...clic... Édouard avait reçu ses ordres : prendre des photos telles qu'elles assurent que Grand-maman y paraîtra à son avantage et il s'y est mis comme d'habitude en obsessionnel compulsif.

« Personne n'a dit que je devais être le guide accompagnateur officiel, » a dit Grand-maman en souriant à Édouard.

Shelley a dit : « Oh, Grand-maman, s'il vous plaît, ne le laissez pas, lui, nous guider dans Londres. »

« Ce sera formidable, » a répliqué Grand-maman. « Il est très intelligent, il aime beaucoup l'histoire britannique et il connaît tous les sites importants. En outre, c'est un lecteur de carte imbattable. »

Tout cela était vrai, mais je n'étais pas obligée d'être reconnaissante ni même bienveillante. Rien que l'idée de suivre ce petit morveux je-sais-tout à travers Londres me rendait malade. Le simple fait d'être dans le train avec lui me fâchait. Mais, il faut le dire, je ne savais pas du tout comment aller à Westminster Abbey, encore moins pourquoi c'était si important. Décidément, l'histoire n'était pas mon fort.

« Ooooh, regardez-moi ça ! » s'est exclamé notre futur Accompagnateur du Diable. « Il y a un endroit ici qui s'appelle Cockayne ! On devrait y aller, Grand-maman ! »

Clic... clic... clic...

« Édouard, arrête ! » ai-je crié (c'est-à-dire que je voulais crier, mais je suis à peine parvenue à siffler encore une fois, vu que nous étions entourés d'étrangers.)

Et vous savez comment les choses ont empiré ? Affublés de nos ridicules ensembles assortis, nous avons vu qu'un tas de ces étrangers prenaient des photos de *nous*.

« Um, Monica... » Shelley me donnait des coups de coude dans les côtes. Ça m'horripile quand elle fait ça, alors j'ai fait comme si je ne l'avais pas remarqué.

J'ai dit à Édouard : « Tu dois choisir des endroits à visiter qui t'instruiront, par exemple, une excursion scolaire ou quelque chose comme ça. Rien de bizarre… ou n'importe quel endroit dont le nom contient le mot *cock*.

« Monica... » Zut, Shelley est vraiment casse-pieds.

« Il faut que Grand-maman ait l'air d'un bon modèle, » ai-je dit.

« Monica ! » Shelley m'a envoyé un coup dans les côtes. Fort. « J'ai compris pourquoi le train est si bondé. » Nous nous sommes arrêtés dans un grincement de freins à la Gare de Thameslink. « C'est la Journée de Fierté des Lesbiennes et des Gais, on s'attend à un million de personnes en plus dans les rues de Londres, et beaucoup d'entre eux auront… cet air-là. »

Elle montrait du doigt un groupe d'hommes, au moins je les prenais pour des hommes, qui marchaient le long du train. Des hommes avec plus de maquillage que les plus salopes à l'école, avec aussi d'immenses boucles d'oreille scintillantes, des hauts talons et des robes fendues sur le côté pour laisser voir leurs dessous.

J'ai eu un haut-le-cœur. « Ça ira, » ai-je chuchoté à l'oreille de Shelley. « Du moment que Maman ne sait rien de tout ceci, nous nous en tirerons sans problème. »

Clic... Triste à dire, j'avais oublié notre accompagnateur squelettique et son fidèle appareil.

Chapitre 9

Une journée vraiment dégoûtante

« Hé, regardez-moi ça ! » C'était Édouard qui criait. Il avait emporté un journal que quelqu'un avait laissé dans le train. Et comme nous étions emportés sur le quai avec tous les autres passagers, en nous accrochant bien à notre petite « Granny » rayée pour ne pas la perdre dans la foule, il a commencé à crier les titres du journal : *Journée de la fierté des lesbiennes et des gais ! Finale du championnat national de cricket ! Concert au bénéfice des orphelins africains du SIDA !*

« On dit qu'il y aura peut-être trois millions de personnes en plus à Londres aujourd'hui, » a crié Édouard. « Pensez-y donc ! Ça va faire une vraie pétaudière ! »

Une pétaudière, c'était peu dire. Des groupes d'hommes à moitié vêtus de robes de femmes et en hauts talons, avec en plus une bonne couche de maquillage choquant, se pavanaient dans la gare en minaudant.

« Ils sont ridicules, » a dit Shelley en vérifiant son rouge à lèvres dans une vitrine de magasin. « Est-ce qu'ils ne savent donc pas que le fard à paupières vert ne se fait plus ? »

Apparemment pas. Ils ne semblaient pas non plus savoir que le fard à paupières vert doit s'appliquer avec un pinceau à maquillage, pas un rouleau à peinture… et qu'on est censé porter des pantalons au-dessus des sous-vêtements. Je ne blague pas, il y avait des hommes qui portaient des dessous de femmes, de grandes perruques blondes bouclées, du maquillage au rouleau et… rien d'autre. *Rien d'autre !*

« Tais-toi donc, ma chérie, » a dit Grand-maman. « Certains de ces types font ça bêtement, mais je suis sûre que tu as déjà vu des hommes habillés en femme. »

J'étais sûre que non. Et j'étais tout aussi sûre que, pas une seule fois de ma vie, je n'avais été coincée dans l'embrasure d'une porte, ma figure plaquée contre le soutien-gorge à dentelle et la poitrine mal rasée d'un homme.

Maintenant, c'est triste à dire, mais je peux dire que ça m'est arrivé.

J'aurais bien voulu vous dire que nous avions vécu une aventure étonnante et révélatrice ce jour-là. Mais rien qu'à descendre du train et nous frayer un chemin sur le quai pour arriver à l'escalier nous avait tellement traumatisés que, tout simplement, nous nous sommes dégonflés.

« Est-ce que quelqu'un voudrait un thé ? » a demandé Grand-maman joyeusement.

« Seulement si c'est à Bedford, » ai-je dit et Édouard approuvait frénétiquement de la tête tout en s'agrippant à moi comme un petit chien qui se noie. La gare de Thameslink n'était pas un bon endroit pour un petit troll court, maigre et spongieux.

Voilà comment s'est passée notre excursion à Londres : Nous sommes descendus du train, nous avons été pressés comme des éponges, nous sommes passés de l'autre côté du bâtiment et nous sommes montés dans un train allant dans le sens inverse. Eh oui, nous avons passé sept minutes et 13 secondes dans Londres, et nous étions sous terre tout ce temps-là. J'ai entendu dire que c'est une belle ville.

« Ne vous en faites pas, » a dit Grand-maman en s'installant à sa place. « Il y a un tas de choses amusantes à faire à Bedford. »

Shelley a poussé un grand soupir en regardant fixement par la fenêtre. Elle voulait s'imposer, bien entendu. Elle s'était donné comme but de se pavaner dans la ville comme une pin-up ; vous auriez dû voir tout le mascara dont elle s'était couverte dans la voiture et maintenant, elle allait passer toute la journée avec la gueule de bois dans la moins-que-chic ville de Bedford (population 79 190).

Eh bien, au moins on peut s'asseoir maintenant, » dit Édouard en bondissant d'une place à l'autre, essayant de trouver celle qui lui permettrait la meilleure vue de Londres (une ville que nous n'allions probablement jamais visiter de notre vie).

Quand nous sommes arrivés à la gare de Bedford, j'étais en sueur, fatiguée et j'avais mal à la tête. Alors vous pouvez imaginer combien j'étais soulagée de voir la voiture de Grand-maman dans le parking. Et vous pouvez imaginer combien j'étais soulagée quand nous sommes montés dans la voiture et nous avons mis nos ceintures de sécurité. Et vous pouvez imaginer combien j'étais soulagée quand Grand-maman a mis le contact.

Rrrrr....rrrr....rrrr....rrrrr.....

« Bon sang de bordel ! » a dit Grand-maman, « la foutue batterie est à plat. »

Alors nous sommes descendus de voiture. Lentement. À contrecœur. Espérant que, par miracle, la saleté voudrait bien démarrer tout d'un coup. Cependant, rien qu'à voir Grand-maman retourner furieusement à la gare, clefs en main, nous savions que nos chances diminuaient d'une minute à l'autre.

Grand-maman parlait déjà dans une cabine téléphonique quand nous l'avons retrouvée. Et il ne nous a pas fallu longtemps pour comprendre à qui elle parlait.

« Parce qu'ils voulaient voir Londres et normalement cela n'aurait posé aucun problème, que je te dis, vieille bique chichiteuse ! » a-t-elle dit d'un ton mauvais.

Et tout cela d'une voix si forte que même Édouard a regardé autour de lui pour voir qui nous observait... « Non, je n'ai pas apporté mes vitamines. Donne à manger au sacré chien, c'est tout ! »

Et après ça, elle a raccroché.

« Celle-là alors, qu'est-ce qu'elle est désagréable, » a bougonné Grand-maman en composant un autre numéro. « Je ne peux pas croire que nous sommes parentes. »

« Qui est-ce que vous appelez maintenant ? » a demandé Édouard.

« Clyde Senior. Il faut réparer cette foutue bagnole. »

Pendant que Grand-maman bavardait avec Clyde, j'ai observé ce qui se passait dans la gare. Des dizaines de gens regardaient les nouvelles sur des télés fixées aux murs, d'autres tchatchaient sur leur mobile ou parlaient à leur famille. Ils attendaient tous le moment de s'entasser dans le prochain train pour Londres. Et les gens continuaient à affluer par les grandes portes ; c'était un cirque affolant.

Heureusement, Clyde allait arriver bientôt. Pour que nous puissions rentrer chez Grand-maman. Pour que je puisse dormir. Et dormir, et dormir et encore dormir. Je ne me souvenais pas d'avoir été si fatiguée. Mes jambes même semblaient alourdies.

Je me suis rapprochée de Grand-maman (oui, j'espionnais sa conversation, je l'avoue).

« Prenez votre temps, mon cher. Il y a beaucoup de choses à faire ici, » a-t-elle dit. « près le thé, ce sera bon. »

Grand-maman a raccroché et s'est tournée vers moi en souriant : « Clyde viendra tout de suite après son thé. »

« Alors nous ferions bien de remonter dans la voiture pour

l'attendre ? Nous pourrons rentrer bientôt ? » Je ne parvenais pas à cacher mon soulagement.

Grand-maman a hoché la tête et souri : « Non, jeune bêtasse, le thé veut dire son repas du soir. Nous avons toute la journée pour nous promener dans Bedford. »

Je ne pouvais pas m'empêcher de paraître horrifiée. J'étais crasseuse, j'avais faim et très mal à la tête. J'avais besoin d'une sieste. Non, pas une sieste. Quelque chose de plus que ça. Un coma de 12 heures, peut-être.

Elle a demandé : « Qu'est-ce qui ne va pas ? »

Que faut-il dire quand tout va mal ? Quand on se sent foutu et qu'on en a l'air ? Quand on est habillé le plus laidement possible ? Quand on souffre au pire du décalage horaire, avec en plus une très vilaine gueule de bois ?

« J'ai… faim, je crois. »

Grand-maman s'anima immédiatement. « Aucun problème, » a-t-elle dit. « Nous irons manger du curry. »

Sur ce, elle se précipita dans la rue. Elle n'a même pas regardé derrière elle ; elle comptait sur le fait que nous la suivions ; ce que, bien sûr, nous faisions.

« On va manger du curry ? » Shelley a fait une grimace comme si Grand-maman nous avait offert un ragoût d'asticots. « Curry ? »

« Le curry est très apprécié en Angleterre, » a dit Édouard pendant que nous courions pour suivre Grand-maman. « Ils ont un grand choix de currys différents ; la cuisine indienne est très populaire ici. »

Alors, avec nos rayures et notre vert-de-vomi-de-grenouille flottant dans le vent, nous avons suivi Grand-maman et tourné le coin pour tomber dans le premier restaurant que nous avons trouvé. Il était archiplein de monde, la foule du déjeuner, et, bien entendu, ils se sont tous tus lorsque nous avons fait notre entrée avec nos ensembles assortis. Nous avions l'air étrange ; on allait nous juger et parler de nous à voix basse jusqu'à la fin du repas. Probablement que certains d'entre eux prendraient des photos à notre insu.

Franchement, je m'en foutais.

« C'est étonnant comme ça sent ici, » ai-je dit en respirant profondément.

« C'est le curry, » a dit Édouard en hochant rapidement la tête. « C'est suave et épicé et ça a très bon goût ; en tout cas, c'est ce que j'ai lu. »

« Dégoûtant, » a dit Shelley. « Sérieusement, c'est dégoûtant. » Elle est comme ça, Shelley.

Grand-maman a dit, en souriant à Édouard : « Toi, tu vas faire l'expérience de la vie, plutôt que de l'apprendre par la lecture. » Elle s'est adressée à la serveuse : « Nous aimerions six de vos currys les plus demandés. Et ne nous dites pas ce qu'ils sont, parce que nous voulons des surprises ! »

Ainsi nous avons goûté un curry étonnant après l'autre. J'ai découvert que les currys vont de plats de légumes doux à des préparations de bœuf et de poulet si épicés qu'ils pourraient vous brûler les sinus. C'était fabuleux et je crois que j'en ai mangé plus que Grand-maman, Shelley et Édouard tous les trois.

« Oh... aïe... mon nez… celui-ci est vraiment… oh » Édouard a saisi son soda et refoulé des larmes.

« Merveilleux, n'est-ce pas ? » a demandé Grand-maman en se tamponnant le front couvert de sueur. Shelley chipotait dans son assiette en fronçant les sourcils. Elle avait décidé qu'elle n'aimerait pas, et elle n'aimait pas. Elle était vraiment comme ça, Shelley.

Devant son assiette vide, Grand-maman a dit : « Alors, un petit tour aux toilettes, puis nous déciderons ce que nous ferons le reste de la journée. »

Édouard a relevé la tête d'un coup. « Oh ! Woburn Abbey ! Woburn Abbey, s'il vous plaît ! »

Alors, prenant son air de je-sais-tout morveux, il s'est tourné vers moi et Shelley : « Woburn est la résidence du Duc et de la Duchesse de Bedford. Des moines ont commencé à la construire en 1145 et maintenant elle est immense. Vous ne pouvez absolument pas visiter l'Angleterre sans visiter au moins un château comme Woburn. Et c'est sans doute seulement à 16 miles d'ici ! »

Apparemment, aucune d'entre nous n'a eu le courage de discuter avec lui parce que, à peu près 20 minutes plus tard, nous étions en train de flemmarder à l'arrière d'un autre de ces énormes taxis anglais, ballotant vers un château le long de petites routes de campagne.

Grand-maman, qui avait mangé une bonne portion de curry, s'est vite laissé gagner par le sommeil.

« Alors, comment va ton projet à la noix de balancer Grand-maman dans une maison de retraite ? » m'a demandé tout bas Shelley, « tu rêves à ton voyage scientifique, sale petite égoïste ? »

« Ne fais pas l'imbécile, » ai-je sifflé. « Tu as vu comment elle vit, tu vois bien qu'elle a besoin d'aide. » J'ai fait comme si je ne l'avais pas vue rouler des yeux. Si nous parvenons à la convaincre de se procurer une gouvernante, ce sera peut-être assez pour contenter Maman et Tante Gay. »

« Et toi aussi. N'oublie pas ça, parce que c'est tellement important pour tous les autres, » a grommelé Shelley.

Je n'ai pas relevé son commentaire de morveuse ; ce n'était pas la première fois, loin de là. « Nous devons trouver le moyen d'arranger ça pour que Grand-maman en sorte à son avantage. »

J'ai lancé un regard méchant vers Shelley. Je savais très bien qu'elle allait encore faire une remarque stupide et méchante. Si elle disait un seul mot de la sorte, j'allais lui donner un bon coup de poing dans la gueule.

« On ment, » a dit Édouard, d'un ton neutre en se mouchant (il avait goûté du curry le plus fort juste avant que nous quittions le restaurant, et cela lui avait causé d'assez graves inflammations de sinus). « Nous disons que l'excursion a été formidable et que Grand-maman était une superbe accompagnatrice de touristes. »

« Bien, » a dit Shelley.

« Eh bien… d'accord, » ai-je fait. Cela me paraissait idiot et boiteux, mais je n'arrivais pas à trouver mieux. « Alors nous dirons que Grand-maman nous a offert un délicieux déjeuner au curry et qu'elle nous a guidés à merveille pendant notre visite de Woburn Abbey. Nous leur disons que c'était amusant. Ce sera amusant, » ai-je dit.

C'est moi l'idiote.

La chose que je n'avais pas comprise à propos du curry, voyez-vous, c'est que c'est une épice qu'il ne faut pas manger en grande quantité. En tout cas, pas la première fois que vous l'essayez.

Il faut développer la résistance du système digestif au curry. Il faut aussi augmenter l'endurance de l'intestin. Il faut augmenter quelque chose avant d'aborder six grandes portions de curry.

Au lieu de cela, j'avais terriblement manqué de respect envers mon propre système digestif en mangeant tout ce que Grand-maman avait offert, et en en mangeant beaucoup, en plus. Par conséquent, mon appareil digestif a décidé de manquer terriblement de respect envers moi. J'ai commencé par me sentir… étrange. Ballonnée, avec des crampes et l'estomac barbouillé. Vraiment… étrange.

Mon estomac a gargouillé bruyamment.

« Monica ! » Édouard a poussé un cri. « Est-ce que ça ne va pas être fabuleux ? »

« Eh bien, je ne sais pas si je dirais fabuleux… »

Shelley a plissé ses lèvres dans ce faux demi-sourire qu'elle fait si bien. « Ce sera certainement fabuleux parce que nous allons visiter cet endroit merveilleux avec nos jolis petits ensembles assortis. »

Grand-maman s'est étirée en baillant. « Nous allons bien nous amuser, » a-t-elle dit en hochant la tête.

Je ne faisais pas du tout attention à ce qu'ils disaient. J'étais complètement préoccupée par les bruits horribles qui provenaient de mon ventre.

Et c'est alors que c'est arrivé. J'ai éternué.

Et pété.

Comment est-ce que je peux décrire ce pet ? C'était comme un soudain coup de tonnerre explosif, suivi du bruit que ferait un canard en colère si quelqu'un marchait sur lui. Et l'odeur…

« Qu'est-ce qui t'a grimpé dans l'arrière-train pour y crever ? » a demandé Shelley en ouvrant nerveusement sa fenêtre.

« Monica découvre seulement le curry, » a crié Édouard au chauffeur qui a éclaté de rire en descendant (et j'ai du mal à le dire) rapidement sa fenêtre.

On pourrait penser qu'un évènement pareil se qualifierait aisément L'Aventure La Plus Horrible De Toute Ma Vie. Malheureusement, L'Aventure La Plus Horrible De Toute Ma Vie ne devait avoir lieu que 28 heures plus tard, mais je ne vais pas m'étendre là-dessus pour le moment.

« Ne t'en fais pas, chérie, ça prend du temps pour s'habituer au curry, » a dit Grand-maman pensant sans doute me rassurer. Ce qu'elle ne faisait pas.

Mon estomac a recommencé à gargouiller. Mes intestins produisaient alors assez de gaz pour produire un impact considérable sur l'écosystème de toute la terre.

Quand nous sommes arrivés à Woburn Abbey, mon ventre était tellement gonflé que j'avais l'air enceinte. Pendant que nous marchions vers l'entrée principale, j'ai fait exprès de rester en arrière en essayant de laisser échapper autant de pets silencieux que possible. Mais ça n'a servi à rien. Mes intestins produisaient des émanations de curry aussi vite que je pouvais les laisser sortir. J'étais une fabrique humaine de pets et je n'avais qu'un désir, celui de pouvoir rester dehors aussi longtemps que possible.

« Il commence à faire chaud, entrons ! » a dit Grand-maman prouvant encore une fois que si on est brave, si on travaille dur et si on désire fort, très fort quelque chose, ça n'avance à foutrement rien.

Chapitre 10

Le samedi qui n'en finissait pas

« Oooooh, regardez ! » a crié Édouard. « Il y a une visite guidée qui commence ! » Sans un mot de plus, il a sauté par-dessus un parterre de fleurs et s'est accroché à un essaim de vieilles, vieilles, très vieilles Indiennes. Elles devaient être au moins 30, toutes étaient petites, courbées et ratatinées. On aurait dit des naines momifiées. Et elles portaient des saris traditionnels, ces robes multicolores brillantes faites de grands tissus soyeux. C'était comme qui dirait regarder à travers un kaléidoscope. C'était comme… hé…

Édouard a souri et fait signe de la tête quand il m'a vu hausser les sourcils. Dès que j'ai approché, il a dit tout bas : « Personne ne remarquera ce que nous portons si nous restons avec ce groupe. Elles sont aussi hautes en couleur que nous. »

Il avait raison. Tout seul, Édouard avait l'air idiot avec son pantalon à rayures et sa chemise vert vomi. Mais à côté de ce groupe de vieilles dames ratatinées dans leurs admirables saris, il disparaissait quasiment. C'était comme si Édouard était un caméléon et qu'il avait trouvé le genre de paysage dans lequel le vert vomi d'une grenouille pouvait disparaître. C'était malin !

Suivant l'exemple d'Édouard, comme des sangsues nous

avons collé aux vieilles en sari qui visitaient Woburn d'un pas traînant. Et c'était une bonne visite. Vraiment. Nous avons vu la salle du petit déjeuner, la salle à manger de gala, la salle à manger ordinaire (les Anglais s'arrêtent-ils jamais de manger ?). Nous avons vu des chambres à coucher aux plafonds dorés criards, une chambre forte remplie de vaisselle d'or et d'argent, une crypte pleine de porcelaine, des centaines de vieux portraits, des milliers d'antiquités et du papier-peint peut-être bien le plus hideux qui ait jamais été produit (ce qui prouve, je suppose, que l'argent et le bon goût ne vont pas toujours bien ensemble). Il n'a pas fallu longtemps pour comprendre qu'Édouard avait raison, que tout simplement, on ne peut pas visiter l'Angleterre sans visiter au moins un château.

Et vous savez ce que j'ai appris d'autre ? Les Indiennes de l'est mangent de la cuisine indienne de l'est. Ce qui veut dire du curry. Ce qui veut dire qu'aucune d'entre elles ne me regardait le nez en l'air (comme le faisait Shelley). Je me promenais dans une des plus grandes, plus anciennes et plus étonnantes maisons que j'aie jamais vues, une maison dans laquelle je ne pourrais jamais espérer habiter ; et pourtant pour la première fois depuis longtemps, je me sentais chez moi.

« Je pourrais habiter ici, » ai-je dit quand nous marchions le long du large couloir recouvert de tapis.

« Tu pourrais, mais tu ne peux pas, » a dit Shelley en train d'admirer le superbe lustre.

« Qu'est-ce que tu veux dire ? »

« Toi, tu crois que si tu travailles assez fort, tu peux tout faire et arranger n'importe quoi. Mais parfois tu ne peux pas. Il y a des conditions que tu ne peux pas maîtriser. »

« Oh, je ne suis pas si sûre de... »

« C'est vrai, » a dit Shelley. « Les gens qui habitent ici sont nés ici, nés dans cette famille bourrée de fric, toi pas. Ainsi, ils sont dedans et toi, tu es dehors. Il y a des choses que tu ne peux pas maîtriser. »

C'était officiel. Shelley parvenait même à pulvériser le plaisir de rêver à la vie au château.

« Alors, qu'est-ce que c'est qu'un ha-ha ? » ai-je demandé à Édouard, espérant changer de sujet. Je savais déjà que c'est une sorte de fossé qui doit empêcher les animaux sauvages d'entrer dans les jardins des riches, mais je me disais que je pourrais lui donner l'occasion de faire le je-sais-tout. « Édouard ? »

J'ai fait un tour complet, cherchant notre minuscule caméléon. J'ai vu des saris, beaucoup, beaucoup de saris, mas pas d'Édouard.

« Monica, où est-il ? » a dit Shelley à voix basse.

« Qui ? » a demandé Grand-maman, bien que son regard fasse nerveusement le tour de la salle, ce qui suggérait qu'elle savait exactement qui nous cherchions.

« Ne paniquons pas, » ai-je murmuré entre les dents. « Si nous le trouvons avant qu'il fasse quelque chose de stupide, ça ira. »

Avez-vous jamais essayé de trouver quelqu'un sans avoir l'air de chercher quelqu'un ? Laissez-moi vous dire que ce n'est pas facile. J'ai cherché sous le vieux lit plein de bosses en faisant semblant d'avoir laissé tomber quelque chose. J'ai jeté un coup d'œil dans l'âtre en remontant mes chaussettes. Je suis même arrivée à chercher dans une espèce de grande armoire pendant que les dames indiennes de l'est regardaient par la fenêtre et jacassaient dans une langue étrangère. La fenêtre…

« Oh, non. » Shelley regardait fixement au-dessus de leurs têtes un énorme cèdre (planté en1754, ainsi que nous en avait informés Édouard). « Oh, non… »

J'ai suivi son regard. C'était Édouard, bien entendu, perché sur une grosse branche bien au-dessus du sol, ressemblant étonnamment à un perroquet, grâce à son ensemble. Il lançait des noix à la tête des passants non avertis. Le Roi des Farces Idiotes avait encore fait mouche.

« Ses vêtements sont comme les nôtres, on saura qu'il est avec nous, » a chuchoté Shelley, « quelqu'un va appeler la police ! »

C'était la poisse. Si Édouard tombait de cet arbre, il s'ouvrirait sûrement le crâne. Il geindrait pendant des jours et Maman serait fâchée du fait que je ne m'étais pas mieux occupée de lui. Et cela prouverait probablement que, concernant ce que pense Tante Gay, Grand-maman était complètement incompétente. Je veux dire, après tout, qui dresse son petit-fils la première fois qu'il le sort en public ?

Shelley s'est retournée pour me lancer un regard furieux. « S'il est démoli, on jettera Grand-maman dans une maison pour sûr, » a dit Shelley qui se prêtait à une sorte de télépathie bizarre. « Si ça arrive, je t'en voudrai pour toujours et tu n'en entendras jamais la fin. Jamais. »

C'était vrai. Shelley était très forte, affreusement forte pour garder rancune. C'était encore un de ses talents spéciaux qui me faisait désirer (non, vouloir) m'éloigner d'elle au mois d'août.

« J'essaie d'établir un bête compromis, tu sais, » ai-je dit. « Pas de maison de retraite, seulement de l'aide à domicile, mais si nous ne faisons pas descendre cet idiot de l'arbre, rien de ce que nous ferons ne vaudra la peine. »

Propulsée par un autre pet au curry, je suis sortie en courant et j'ai traversé la grande pelouse jusqu'à l'arbre. Là, utilisant la voix la plus gentille, douce et patiente que possible, j'ai appelé Édouard : « Tu nous fiches tout en l'air, sale petit merdeux. Descends de là tout de suite, sinon je fais passer tout ton origami dans la déchiqueteuse. »

OK, de cette façon, je n'étais pas exactement maternelle.

Mais trente secondes plus tard, Édouard était là planté tout penaud devant moi, essayant de vider les noix de ses poches en les laissant tomber derrière son dos.

Il venait à peine de se débarrasser des preuves quand Grand-maman et Shelley sont arrivées en trottant à travers la pelouse avec, haletant derrière elles, deux gros gardes chargés de la sécurité.

« Ce serait un bon moment pour s'en aller, » a dit Grand-maman, essoufflée, voyant rapidement approcher les hommes en uniforme. Personne n'a objecté. Nous avons filé, vite et en silence, vers un taxi qui déposait une famille de touristes.

Édouard est resté assis sans broncher pendant le retour à la gare, se disant, je suppose, qu'un simple commentaire stupide lui vaudrait certainement la mort.

Je me suis calée dans mon siège espérant me sentir mieux. Pas question. Je ne m'étais brossé ni les dents ni les cheveux depuis le matin et je n'avais pas pris de douche depuis notre désastreuse dégustation de vin la veille au soir. Je puais le curry et je sentais venir d'autres pets. Je me sentais mal et j'avais l'air pire. Nous sommes descendus lentement du taxi à la gare de Bedford et nous nous sommes dirigés vers la voiture morte de Grand-maman.

« Salut ! » a dit Clyde en regardant sous le capot et en lançant son splendide sourire. Oui, c'était Clyde junior.

Je me suis retournée à moitié pour voir la réaction de Shelley et à moitié pour cacher ma figure huileuse des yeux de Clyde. Shelley n'était pas là, tout ce que je pouvais voir c'était l'arc-en-ciel de son derrière qui disparaissait dans la gare.

« Clyde ! Je m'attendais à voir ton papa ! » Grand-maman a serré Clyde dans ses bras en lui donnant un baiser sur la joue.

« Il m'a déposé en allant dépanner un *lorry*. » Clyde a souri d'un air penaud. « Il m'a dit que si je ne faisais pas démarrer votre voiture, je rentrerais en stop. »

« Un "lorry" c'est un camion, » a fait entendre Édouard.

« Mon Dieu, cela me paraît un peu trop sévère ! » a dit Grand-maman d'un ton inquiet, bien qu'elle réprime un sourire, de sorte que je ne la prenais pas au sérieux. « Que faire si cette vieille bagnole est trop morte pour être sauvée ? »

« Ne vous inquiétez pas. » Clyde a repenché son superbe corps musclé sur le moteur. « Ce n'est qu'un fil de l'alternateur qui s'est détaché. »

« Comme vous êtes adroit ! » Berk. C'était Shelley. Elle était entrée dans la gare pour se faire paraître naturelle en flanquant de l'anticerne, du fond de teint, du rouge, du crayon pour les yeux et, d'après ce qu'on pouvait voir, tout ce qui restait dans son sac. Elle avait mis une telle couche de mascara qu'on aurait dit qu'elle avait collé des pattes d'araignée sur ses paupières.

« Alors vous allez rentrer avec nous ? » a demandé Shelley de la voix aiguë qui la rendait séduisante, pensait-elle. « Oh, je voulais vous demander… est-ce que votre petite amie viendra au mariage de Tante Gay ? » Subtile. Vraiment subtile.

« Oui, euh… oui, je viendrai avec vous. » J'étais contente de voir que Clyde regardait le visage de Shelley d'un air embarrassé. Un peu comme s'il se demandait pourquoi elle avait collé des pattes d'araignée à ses paupières.

« Mais pas de petite amie. Nous avons rompu. » Shelley m'a envoyé son stupide regard il-est-à-moi, ses araignées se mettant à trembler fort. Et je lui ai renvoyé le plus méchant de mes regards jamais-de-la-vie. La guerre était déclarée.

Grâce à l'air de beau garçon de Clyde, et à ses talents de mécanicien, je suppose, la voiture a finalement démarré. Sur le chemin du retour, il n'a pas fallu longtemps pour qu'il en vienne au fait.

Du siège avant du passager, il a demandé tout haut : « Alors, comment allez-vous empêcher que Mamie aille à la maison de retraite ? Le moment approche, n'est-ce pas ? »

J'ai répondu : « Nous n'allons pas parler à Maman de ce voyage, c'était un désastre. Je crois que nous devons dire à Tante Gay d'être plus indulgente ; je veux dire qu'il n'y a vraiment pas de mal à vivre dans le désordre. Il faut trouver pour Grand-maman une gouvernante qui pourra mieux entretenir la maison. »

De toute évidence, c'était une erreur d'avoir choisi le siège du milieu à l'arrière de la voiture. Si je me tournais à gauche, je pouvais voir Édouard qui me dévisageait comme s'il ne me connaissait pas. Et si je me penchais à droite, je pouvais voir Shelley qui me faisait son air de Qui-est-ce-que-tu-peux-bien-être ? Et si je regardais dans le rétroviseur de Grand-maman, je pouvais voir son air blessé. Alors, j'ai décidé de regarder droit devant moi et de continuer à parler.

« Je crois que Tante Gay s'imagine que tout le monde devrait vivre une vie aussi bien organisée et sans surprise que la sienne, et ce n'est pas vrai. Elle ne devrait pas se mêler de ce qui ne la regarde pas. Une gouvernante serait un parfait compromis. Ainsi, tout le monde serait content. »

Grand-maman a dit calmement : « Je n'avais pas compris que je devais rendre tout le monde content pour pouvoir rester chez moi. »

Clyde Junior s'est tourné vers Grand-maman, a tendu la main et lui a serré le bras. Elle l'a regardé en souriant tristement.

Édouard et Shelley continuaient à me forer de leurs regards des trous dans la tête. Probablement parce que, bien que ça m'attriste de l'admettre, c'était on ne peut plus évident que je venais de faire de la peine à Grand-maman. Et probablement parce que, bien que ça m'attriste de l'admettre, je n'avais pas été la plus indulgente dans le passé. Et probablement parce que maintenant, et ça c'est le pire de tout, la question du camp de vacances était devenue si importante qu'il était impossible de ne pas y penser. Je me sentais… pusillanime.

Heureusement, nous sommes arrivés devant la maison de

Grand-maman avant que Shelley ne trouve quelque chose de nul à dire. J'avais hâte de prendre une douche, une longue douche dans la vapeur d'une eau bouillante. Après quoi, nous pourrions manger un bout en élaborant un rapport acceptable à présenter à Tante Gay le lendemain matin. Après huit heures de sommeil. Ou peut-être dix.

Grand-maman a ouvert la porte d'entrée et s'est figée de surprise. Là, sur le sofa étaient assises Maman et Tante Gay. Et les… lèvres de Tante Gay. Elles étaient énormes. Gonflées comme celles d'un personnage de dessin animé. Comme si elle avait été piquée par un essaim d'abeilles en colère. Comme…

« Oh là là ! Qu'est-ce qui est arrivé à vos lèvres ? » a demandé Édouard.

« Peu importe mes lèbres, » a dit Tante Gay, ou au moins essayé de le dire. « Qu'est-ce gue tu as gomme exguse ? Tu be rends volle, tu sais. » Tante Gay a lancé un regard furieux vers Grand-maman.

Bien sûr, cela aurait été un bon moment pour une réponse diplomatique, quelque chose qui aurait fait baisser la tension et aider tout le monde à se décontracter. Malheureusement, du tact, Grand-maman n'en avait pas tant que ça.

« Tu es volle depuis des années, » a dit Grand-maman. « Tu n'as besoin de personne pour te rendre folle. Et qu'est-ce qui est arrivé à tes sacrées lèvres ? »

Chapitre 11

Alors, qui est Charlie le Sournois, au juste ?

« Je suis allée jez le médezin aujourd'hui et j'ai fait traiter mes lèfres pour le mariage, » a dit Tante Gay en essayant, sans grand succès, d'incliner son menton et de rentrer ses lèvres pour qu'elles n'aient pas l'air si grosses.

« Elle les a fait injecter de collagène, » a dit Maman en essayant, sans grand succès, d'arrêter ses yeux de rouler. « C'est une procédure assez courante, mais qui n'est pas à faire la veille d'un mariage ; cela va prendre des heures de compresses froides pour que ça désenfle. »

C'est dommage, mais Tante Gay allait devoir trouver ses compresses froides toute seule, parce que Maman ne lui a pas adressé le moindre signe de sympathie avant de nous attaquer.

« Où donc avez-vous bien pu aller ? » a-t-elle demandé d'une voix tout juste quelques décibels en dessous d'un cri à percer les oreilles (elle peut crier, croyez-moi). « Tante Gay a dû aller me chercher à l'aéroport, parce que vous étiez partis ! Qu'est-ce qui vous a pris ? Et qu'est-ce que vous faisiez à valser dans Londres quand la ville était déjà si pleine de monde ? Et bla, bla, bla… »

Je ne sais pas du tout ce qu'elle a dit après ça. J'ai comme débranché.

J'étais vraiment très fatiguée. Le genre de fatigue qui fait que rien que le fait de se lever exige un grand effort. Sans doute que c'était le décalage horaire, le vin fait maison de Grand-maman, la course de sept minutes et treize secondes à travers Londres, la voiture en panne, l'empoisonnement au curry… Je suppose qu'à la fin tout cela m'est tombé dessus.

Alors pendant que Grand-maman, Tante Gay et Maman s'engueulaient, j'ai posé ma tête sur le dos du sofa et j'ai compté des chats qui, chacun à son tour, passaient leur petite tête pelucheuse par le trou du plafond.

J'avais compté 25 ou 26 têtes — il y avait eu beaucoup de répétitions et Dormeur était certainement le plus curieux du groupe — quand j'ai commencé à me sentir contente de moi-même. J'étais assise ici dans une incroyable maison vieille de 450 ans à Old Warden en Angleterre. J'étais à l'autre bout du monde et j'étais très bien.

Je me sentais comme une grande personne. Je sentais que je pouvais m'assumer. J'ai commencé à croire que je pouvais me décider de me lever et de faire quelque chose d'utile, comme aller chercher une compresse froide dans le congélateur pour les monstrueuses lèvres de Tante Gay. Alors je ferais une remarque intelligente qui attirerait l'attention de tout le monde. Peut-être même que je dirais quelque chose de comique et astucieux pour briser la glace, ce qui permettrait une discussion constructive au lieu de l'engueulade qui battait son plein en ce moment à propos des maisons de retraite.

J'étais prête à passer à l'action. Tout ce que j'avais à faire était d'extraire ma figure de la caisse à litière.

Ma figure. Que faisait ma figure dans une caisse à litière ? Et pourquoi est-ce que j'étais couchée sur le côté ? La dernière fois que j'avais vérifié, j'étais assise toute droite. J'ai battu l'air violemment de mes bras, mais ils ne voulaient pas bouger. Et maintenant que je me réveillais, l'odeur des gaz du caca de chat devenait plus forte.

J'ai continué à me débattre. Pourquoi mes bras ne voulaient-ils pas bouger ? Mon cœur battait la chamade. Est-ce que j'avais eu un terrible accident ? Est-ce que j'étais paralysée ? Souffrant d'amnésie ? Je me suis encore débattue. Pas de chance. Mes bras étaient devenus complètement inertes.

« Monica, qu'est-ce que tu es bête, tu es assise sur tes bras, » a dit Shelley. « Et sors ta figure du derrière du chat, c'est dégoûtant. »

C'est triste à dire, mais Shelley, peut-être la sœur la plus bête dans le monde entier, avait raison. À un moment donné pendant que je jouais au compte-chats, je me suis endormie et j'ai basculé sur le côté. J'étais assise sur mes bras et ils étaient tous les deux engourdis, ce qui expliquait pourquoi mes grands gestes n'avaient servi à rien. Qui pis est, un des chats de Grand-maman avait décidé de tenir son derrière au chaud pendant son somme en le poussant sous mon nez, ce qui expliquait l'odeur de caisse à litière.

J'ai gesticulé comme j'ai pu sur le sofa, essayant de me relever à l'aide de mes bras ankylosés. Essayant de faire ça le plus nonchalamment possible pour ne pas éveiller l'attention autour de moi. Il ne faut pas qu'on vous observe quand vous avez la figure dans le derrière d'un chat et deux bras inutiles.

Ça m'a pris une minute, mais je me suis rendu compte à la fin que l'atmosphère s'était calmée.

« D'accord, » a dit Grand-maman. « Je vais visiter l'endroit, mais je ne promets rien. J'aime ma maison. Enfin, votre maison. »

Hein ?... Quoi ?

Grand-maman regardait Tante Gay de travers.

« Je ne comprends pas, » ai-je dit regardant fixement Grand-maman. « C'est votre maison. Ça a toujours été votre maison. »

Un silence étrange régnait dans la pièce. J'ai essayé d'arrêter mes bras parce que les fourmis piquaient de plus en plus fort et me faisaient de plus en plus mal.

« Elle l'était. Eh bien, elle l'est, » a dit Grand-maman. « Mais je l'ai cédée par écrit à Tante Gay il y a quelques années, pour que le gouvernement ne s'en empare pas quand on m'enferme. »

« Oh, thesse donc, » a dit Tante Gay. « N'en vais pas un drame. »

« Je ne comprends pas… » Vraiment pas. À qui était cette maison ?

« Oh, Monica, » a dit Maman, d'un ton aussi impatient qu'elle en avait l'air. « Quand Grand-maman ira dans une maison de retraite, l'État s'appropriera tous ses biens, tout son argent et tout ce qu'elle possède ; c'est ce qui servira à payer les soins et services qu'elle recevra. En la plaçant au nom de Tante Gay, elles espèrent que la maison restera dans la famille. »

J'ai demandé : « Mais qui en aura l'usage ? Si Grand-maman n'y habite pas, qui y habitera ? »

« Eh bien, c'est moi, bien thûr, » a dit Tante Gay. « Ma maisson est bedite. »

« Et les animaux de Grand-maman ? Et Fred et les chats ? Qui s'en occupera ? »

Maman a dit, mal à l'aise : « Ils devront aller à la Société protectrice des animaux. Tante Gay... n'est pas particulièrement amie des animaux. »

Tante Gay se renfrognait. Grand-maman avait l'air triste.

Mon cœur battait la chamade. Mes aisselles transpiraient à flot. Il y avait quelque chose qui clochait.

J'ai fixé Tante Gay du regard en disant : « Alors si Grand-maman va dans une maison de retraite, c'est vous qui prenez possession de sa maison, Fred et les chats sont tous détruits et Maman ne reçoit aucun héritage ? Cette propriété doit valoir un demi-million ! »

Maman s'agitait dans son fauteuil. « Oh, mon chou, ce n'est pas l'argent qui m'intéresse. Et, de toute façon, il ne s'agit pas de ce que je veux. Il s'agit des besoins de Grand-maman, et si c'est cela qu'il lui faut, c'est cela que nous ferons. »

J'ai baissé la tête et fixé mes mains du regard. Il ne s'agissait pas de ce que Maman voulait. Il s'agissait de ce dont Grand-maman avait besoin. Vrai. Complètement et tout à fait vrai. Il ne s'agissait pas non plus de ce que moi, je voulais. Il s'agissait de ce dont Grand-maman avait besoin…

Maman, qui n'avait pas tant d'argent que ça, pour parler franchement, était d'accord pour renoncer à un héritage d'un demi-million de dollars pour subvenir honorablement aux besoins de Grand-maman. Si j'avais pu disparaître dans le sofa, je l'aurais fait.

J'ai dit : « Vous savez, je crois que la façon dont Grand-maman choisit de vivre ne regarde personne. Elle n'a pas… elle n'a pas besoin… de vivre comme tout le monde pour se débrouiller toute seule. »

Je devais éviter de regarder Maman dans les yeux, une si pointilleuse perfectionniste, tout comme moi. Et Tante Gay qui donnait la chair de poule avec ses grosses lèvres et son air renfrogné. Et Shelley et Édouard qui étaient, sans aucun doute, sur le point de m'accuser d'être une petite-fille égoïste et âpre au gain. Alors, je n'avais plus qu'à fixer mon regard sur le chat qui se vautrait sur mes genoux.

« C'est vrai, j'ai toujours préféré que tout soit bien organisé et soigné, mais Grand-maman n'a pas besoin d'aller dans une maison de retraite parce qu'elle n'est pas comme ça. » J'ai remué mal à l'aise sur mon siège. « Si Grand-maman veut vraiment rester ici et si elle peut se débrouiller toute seule, vous n'avez pas le droit de dire qu'elle doit déménager. »

Mon cœur battait si fort que je suis sûre qu'on aurait pu le voir à travers ma chemise.

« Monica, » a dit Maman en se frottant les yeux et se laissant lentement enfoncer dans son siège. « Grand-maman a 77 ans. Le fait que vous avez nettoyé sa maison à fond ne veut pas dire qu'elle peut s'en tirer seule après notre départ. »

« C'est ridicule, » a répondu Tante Gay d'un ton vif. « Elle est trop vieille pour vivre ici tout seule. »

J'ai dit : « Il y a même des cinglés bons à enfermer qui vivent seuls s'ils le veulent. »

« Eh là ! » a dit Grand-maman.

« Excusez-moi, Grand-maman, je disais seulement…Tant que vous ne faites de mal à personne, il n'y a aucun mal à ce que vous habitiez ici et que vous l'entreteniez comme vous voulez. Vous pouvez prendre une garde à demeure si vous voulez ou vous pouvez faire tout vous-même. C'est vraiment à vous de décider. »

« C'est vrai, » a-t-elle dit hochant la tête pensivement. « Et je ne veux pas d'aide à demeure. J'aime ma maison telle qu'elle est. »

Maman s'est tournée vers Grand-maman en souriant tristement. « Je suppose qu'au fond, c'est que je m'inquiète, je suis vraiment inquiète. Je dois savoir que tu peux t'en sortir comme il faut, sans ces gamins qui te choient. Mais arrivons à une décision ensemble, d'accord ? »

J'ai laissé échapper à l'étourdie : « Elle fera plus que s'en sortir, elle va vous étonner. » Prouvant par là que je devais vraiment apprendre à me taire.

« Aaarrrggghhh... » Apparemment, Tante Gay était à bout de patience. « J'en ai azzez de tout za, » a-t-elle dit. « La répétizion est ce zoir, ne soyez pas en retard. Je ne peux abzolument plus entendre parler de broblèmes ! blus de broblèmes ! »

Tante Gay a fait une sortie théâtrale à sa façon.

Édouard a demandé : « Qu'est-ce qu'elle veut dire par problèmes ? »

« Oh, les robes des demoiselles d'honneur ne sont pas encore prêtes, on ne les aura que demain matin, » a dit Grand-maman. « Et elle a grossi de près de deux stones depuis le printemps, ce qui fait qu'elle a l'air d'une saucisse dans sa robe de mariée. »

« Deux stones, ça fait 28 livres, » a dit tout bas Édouard.

Maman a regardé sa montre : « Oh non ! La répétition commence à six heures, nous n'avons qu'une heure pour y arriver ! »

Dans la frénésie des 60 minutes suivantes, d'une façon ou d'une autre, tout le monde a pu prendre la douche, Shelley a pu rajouter une bonne couche de maquillage, et nous sommes arrivés à l'église trois minutes avant l'heure.

Grand-maman a dit tout bas pendant que nous montions l'escalier de l'église : « Nous avons encore le temps de présenter nos condoléances à la victime. »

« Condoléances ? » a demandé Shelley. « Quelle victime ? »

En roulant les yeux, j'ai dit : « Le futur marié. À qui d'autre est-ce que Grand-maman ferait allusion ? »

La victime se tenait juste à l'intérieur des portes massives, souriant et serrant la main de tout le monde qui entrait. Hubert. Elle, une veuve de 68 ans avec trois grands enfants. Lui, un vieux monsieur doux qui méritait nettement mieux que ce qui lui arrivait.

« Bonjour, Hubert, » a dit Grand-maman en lui serrant la main. « Vous avez encore le temps de changer d'avis et de vous sauver, personne ne vous en voudra. »

Hubert a souri doucement et a dit tout bas : « Elle fait plus de bruit que de mal. Ne vous en faites pas pour moi, ma chère. »

À dire vrai, la répétition était un peu décevante après le drame qui l'avait précédée. C'était long, lent et ennuyeux (« le prélude d'un mariage catholique anglais traditionnel, » a murmuré Grand-maman). Il fallait beaucoup lever les bras, se lever, s'asseoir et chanter ; avec en plus, un vieux prêtre grincheux qui corrigeait constamment les non-catholiques qui ne savaient absolument pas ce qu'ils devaient faire.

Moi, j'étais sûre que ce mariage allait se passer dans un immense bâillement.

Le clou du spectacle ? Tante Gay avait décidé d'assortir les demoiselles d'honneur et les placeurs pour qu'ils puissent avancer par paires. Mon placeur (la preuve qu'il y a vraiment un Dieu) était Clyde junior. Shelley, elle, devait avancer de front avec un des voisins de Tante Gay, un garçon dont les boutons étaient si gros qu'ils tendaient sa peau et si fébriles qu'un simple effleurement les aurait fait éclater. C'était un spectacle vraiment dégoûtant des fléaux de la puberté, et celui de Shelley avançant dans l'allée au bras de Garçon Bouton restera pour toujours un précieux souvenir.

Le dîner m'a coupé le souffle, littéralement. Tous les gens présents à la répétition et des douzaines d'amis et de parents se sont pointés pour un festin *potluck* dans le jardin de l'église. Presque tous fumaient. De grands fumeurs, au fait, le genre de fumeurs qui allument la cigarette suivante aux dernières rougeurs de celle qu'ils ont toujours aux lèvres. Il n'y avait pas de vent, de sorte que la fumée est devenue si épaisse que cela m'étonnait que mes vêtements ne prennent pas feu.

« Pour l'amour du ciel, dépêchez-vous, on est à court d'assiettes, » a sifflé Tante Gay en passant avec la salade de pommes de terre. Elle avait enfin pris le temps de se mettre des compresses de glace sur la figure ; elle avait encore les lèvres enflées, mais elle pouvait faire ses remarques normalement.

J'ai porté des assiettes propres sur le buffet et c'est là que j'ai trouvé Clyde junior. Il était appuyé contre une clôture, le regard fixé sur les terrains avoisinants.

« Ils ont choisi un bien bel endroit pour un mariage, » a-t-il dit en me voyant regarder vers lui.

« Oh oui. » C'était vrai. Le beau jardin derrière l'église donnait sur un pâturage avec des vaches qui broutaient. De grands champs entourés d'épaisses haies vertes s'étendaient sur des kilomètres.

Clyde a souri en disant : « En fait, tout ce que vous voyez appartient à un vieux type qui devient un peu dingue, d'après ce qu'on dit. Il a plus de 100 pièces de bétail et il a donné un nom à chacun d'eux ; il dit qu'il choisit les noms d'après leur personnalité. »

Clyde m'a montré le seul taureau debout à l'écart du troupeau, le regard tourné vers nous. « C'est Charlie le Sournois. Il doit avoir 28 ans maintenant et il n'est pratiquement bon à rien, mais le vieux ne veut pas s'en défaire. »

« Charlie le Sournois ? Pourquoi est-ce qu'il l'a appelé comme ça ? »

Clyde a haussé les épaules. « Comment savoir ce que pensent des vieux comme lui ? »

« Hubert, bon sang, je t'ai dit de vider les cendriers ! » La voix stridente de Tante Gay nous a fait sursauter.

« Oui, » ai-je dit en souriant. « Comment savoir ce que pensent des vieux comme lui ? » Clyde et moi nous sommes adressé un grand sourire, et j'ai savouré la sensation de chaleur qui vient du partage d'un bon mot avec un type super beau. C'était absolument, vraiment et complètement Le Moment Parfait.

« Monica ! » Shelley s'est glissée à côté de Clyde en frôlant son bras de ses énormes nichons. « Ne monopolise pas ce gars, il en a assez pour qu'on le partage. »

Crénom de nom ! Même quand elle essaie de faire la maline, elle est idiote.

Édouard est venu distraitement par là, en se mordant la lèvre. « Instinctivement, je sens que… »

Shelley l'a interrompu : « Instinctivement ? Tu es un tel fana des sciences, et tu ne sais même pas ce que c'est de sentir instinctivement. » Voilà, c'était fixé : Le Moment Parfait était fichu.

« Par mon instinct, » a dit Édouard, « je veux dire mon opinion d'inculte qui sera, dorénavant, imputée à mon appareil digestif… »

« Tu es un tel monstre, » a dit tout bas Shelley en se glissant encore plus près de Clyde, laissant entre les deux autant que je puisse voir, à peine quelques molécules d'oxygène écrasées.

Édouard s'est renfrogné : « Est-ce que tu veux bien me laisser finir ? Je pense instinctivement que Grand-maman doit faire quelque chose de spectaculaire au mariage. Tous les amis et parents de Tante Gay seront là, et elle devra admettre que Grand-maman se trouve parfaitement bien si elle fait quelque chose d'impressionnant pendant le mariage. »

À ce moment-là, ils se sont tournés vers moi. Tous les trois, Clyde, Édouard et Shelley sont restés là à me dévisager, à attendre que moi, je suggère « quelque chose d'impressionnant. »

Malheureusement, je ne pouvais rien trouver. Rien de rien. Mon seul souci à ce moment-là était de savoir comment j'allais écarter les nichons de Shelley du gars que j'espérais épouser un jour.

J'ai dit, sans enthousiasme : « Elle pourrait, euh... faire un discours émouvant au moment de la réception. »

« Est-ce qu'elle ne pourrait pas tout simplement dire à la vieille hache d'armes de déménager ? » a demandé Édouard en agitant les sourcils malicieusement.

« Ou kidnapper Hubert pour le sauver de son triste destin ? » Clyde m'a fait un grand sourire, puis s'est éloigné nonchalamment de quelques centimètres des nichons de Shelley (un geste simple, plein de signification).

J'ai ri en disant : « Ou remplir ses lèvres d'encore plus de collagène pour qu'elle ne puisse pas casser les oreilles de Hubert. »

« Ou mettre à la porte tous ses jeunes parents ingrats et répugnants avant qu'ils essaient de ruiner la cérémonie ? »

C'était Tante Gay. Manifestement, elle nous avait entendus. Et, manifestement, elle ne trouvait pas ça drôle.

Chapitre 12

C'est incroyable, ça va encore plus mal

« Nous… »

« Ce n'était pas... »

« Je… »

« Nous ne voulions pas dire… »

D'accord, nous n'avions pas traité la situation d'une manière distinguée. Cependant, nous faisions des progrès : les rides du front de Tante Gay commençaient à s'estomper. Grand-maman et Maman sont arrivées en se promenant nonchalamment.

« Alors, qu'est-ce qui te fait enrager maintenant, vieille bique ? » a demandé Grand-maman, courtoise et délicate comme d'habitude. « Le monde n'est pas encore assez parfait pour toi ? »

Tante Gay s'est tournée vers Grand-maman comme si elle avait trouvé la cause première de tout ce que sont les forces du mal. Elle a crié : « Les enfants sont horribles ! Ils font tout pour gâcher mon mariage ! »

Je me disais que ce n'était pas juste de dire ça. Certainement, Grrand-maman n'en était pas contente, non plus. « La seule chose certaine de gâcher ton mariage, » a dit Grand-maman. « C'est que c'est toi la mariée. »

Tante Gay a ouvert la bouche, mais rien n'en est sorti. Je crois qu'elle était tellement fâchée que tout ce qu'elle voulait crier restait en quelque sorte coincé dans sa gorge. C'était ça ou bien que ses lèvres gonflées de collagène ne pouvaient pas former les mots. (Je ne plaisante pas, elles étaient énormes, comme on en voit dans les bandes dessinées).

« Aaarrrggghhh... » a dit Tante Gay (elle avait dit cela beaucoup dernièrement), puis elle a fait demi-tour et s'est dirigée de son pas lourd vers le groupe d'invités le plus proche.

Maman a hoché la tête : « Tu la rends folle, sais-tu. »

« Elle n'en est pas loin, » a murmuré Grand-maman en observant sa sœur traverser la pelouse en titubant sur ses talons trop hauts. « Elle a l'air ridicule dans ces souliers-là. On pourrait croire que ses lèvres ont été attaquées par des abeilles tueuses. Et elle est bien trop vieille pour un mariage comme celui-ci. Elle se conduit comme un enfant gâté. Un enfant gâté momifié. »

Édouard a reniflé, ses boucles brunes voltigeant lorsqu'il hochait la tête.

« S'il vous plaît, Grand-maman, n'aggravez pas la situation, » ai-je dit en enfonçant mon coude dans les côtes d'Édouard. « Il faut que vous ayez l'air bien pour pouvoir rester chez vous. »

Grand-maman a poussé un soupir en disant : « C'est bien, Monica, mais je dois te dire que tu gâches tout le plaisir du moment. À quoi sert d'avoir une sœur si on ne peut pas l'irriter de temps en temps ? »

J'ai jeté un coup d'œil vers Shelley qui était en train de se glisser vers Clyde junior pour lui frôler le bras de ses énormes nichons (encore). Franchement, je ne voyais pas la nécessité d'avoir une sœur. En tout cas, pas une dont le soutien-gorge est quatre fois plus grand que le mien.

Par bonheur, nous avons passé le reste de la soirée sans aucun autre problème ; essentiellement en évitant Tante Gay et en nous assurant que Grand-maman était occupée à servir à boire à tout le monde.

Nous sommes enfin rentrés chez Grand-maman, puant la fumée de cigarette et toussant des morceaux de poumon, à 3 heures du matin.

« Je mettrai le réveil à 10h30, » a dit Grand-maman en se traînant vers sa chambre. « Cela devrait nous donner le temps de retourner à l'église avant que la vieille hache d'armes vienne nous chercher. »

Ce que ça ne nous donnerait pas, c'était assez de temps pour une nuit de sommeil raisonnable, mais j'étais trop fatiguée pour m'en faire. J'ai eu l'impression que ma tête venait juste de toucher l'oreiller que j'ai commencé de faire un rêve dans lequel quelqu'un frappait fort sur le mur en criant quelque chose à propos de matin… à propos de se dépêcher… d'être plus responsable… des cris, essentiellement. Et donnant des coups. Frappant. Frappant beaucoup. Ce n'était pas un rêve plaisant.

Et ce n'était pas un rêve, non plus.

J'ai entendu Grand-maman crier : « Oh pour l'amour de Dieu, il n'est que 8 heures. C'est un mariage, pas un couronnement ! »

J'ai ouvert les yeux. Mais juste un petit coup d'œil, je n'étais pas sûre de résister à un soleil éblouissant.

Bizarrement, il n'y avait pas de soleil. Seulement l'obscurité. Une grosse obscurité, poilue, qui sentait mauvais. Fred, avec son habituel épais filet de bave coulant de sa lèvre inférieure, était penché tout près me regardant fixement dans les yeux. Et, dès qu'il a vu mes yeux s'ouvrir un petit peu, il s'est approché un peu plus, reniflant encore plus fort (cherchant, sans doute, l'endroit idéal pour essuyer l'eau de la cuvette sur sa bouche).

J'ai changé de place en rampant sur le lit, essayant de m'éloigner de sa sale gueule.

Fausse manœuvre. J'avais dormi au bord du lit. Un mouvement et je n'étais plus sur le lit, j'avais décollé. Alors, tout aussi vite, j'avais le dos à plat sur le plancher de bois dur, sentant des douleurs aiguës dans mon cou.

Grand-maman a lancé dans l'escalier : « La Reine a apporté vos robes. Venez voir. »

Eh bien, elle n'a pas dû m'appeler deux fois. J'avais vu la façon dont Tante Gay s'habillait. Je pouvais imaginer l'horreur qui nous attendait.

Il se fait que je ne pouvais pas.

Quand je suis arrivée au bas de l'escalier, avec Shelley, Maman et Édouard derrière moi, je n'arrivais pas à comprendre ce que je voyais. Le sofa était couvert, absolument couvert, d'énormes piles de rayures noires et blanches. Ou de fleurs. Des fleurs noires et blanches. Des raies de fleurs ? J'avais toujours des douleurs lancinantes dans la tête. Était-ce une illusion d'optique ou un indice de lésions cérébrales ?

« Qu'est-ce donc que… ? » Maman, qui a toujours quelque chose à dire, ne trouvait rien à dire.

Grand-maman a souri, puis souleva lentement une poignée de fleurs, ou de rayures, ou de ce que c'était, et les a montrés. C'était une robe. Une grande robe flottante et traînante, à manches très longues, un décolleté très profond et un tour de taille inquiétant d'étroitesse. Elle était complètement couverte de petites fleurs noires et blanches en tissu luisant. En rangées horizontales, ni plus ni moins : des rangées de grosses fleurs noires et des rangées de grosses fleurs blanches encerclant une grande robe longue bouffante à la taille ridiculement étroite et un décolleté profond.

Quelqu'un avait tué et dépouillé trois zèbres atteints d'obésité morbide. C'était l'enfer pour moi.

Nous sommes restés là, en silence, nous efforçant d'absorber le choc.

« Voyons comment elles vous vont. » Grand-maman essayait de garder son sérieux et s'en tirait très mal. « Mettez-les. »

Et nous les avons mises. Au lieu de nous enfuir. Au lieu d'attraper tout à coup un cas de mauvaise grippe. Au lieu d'une crise d'appendicite. Au lieu de faire quelque chose, n'importe quoi, qui nous aurait délivrées de ce mariage, nous avons mis les robes. Nous étions là, en cercle, face à face. Trois énormes zèbres gonflés, à fanfreluches.

« Crénom, je crève de chaud, » a dit Shelley en essayant de forcer ses nichons dans le corsage de sa robe. « En quoi est-ce que c'est fait, ça ? »

« De l'isolant, d'après ce que je vois, » a murmuré Maman qui avait déjà des gouttes de sueur qui lui dégoulinaient sur le front.

Si on m'avait demandé, avant que je voie cette robe, de créer un ensemble qui irait au plus mal à n'importe quelle femme, quelle que soit sa forme ou sa taille, j'aurais dit que c'était impossible.

Je me serais trompée.

Cette robe allait très mal à Maman ; l'étroite petite taille serrait si fort qu'elle gonflait ses larges hanches comme deux énormes ballons rayés noirs et blancs. Elle allait terriblement mal à Shelley, ses nichons massifs sortaient de l'encolure profonde et rebondissaient comme deux bols de gelée trop remplis. Et elle m'allait très mal, le corsage pendait vaguement devant ma poitrine plate, prouvant que mon corps avait décidé de ne pas faire pousser de poitrine.

« Comme je suis beau ! » a annoncé Édouard. Il était monté sur la table basse, les armes en croix et pivotant lentement, comme un mannequin présentant le smoking que Tante Gay avait déposé pour lui. Il lui allait très bien et la chemise blanche et le papillon noir faisaient de lui un petit futur marié. Ça me rendait malade de l'admettre, mais le petit morveux faisait belle figure.

« Elle veut que vous mettiez ceux-ci. » Grand-maman a tendu des souliers blancs pointus et à talons ridiculement hauts, des souliers destinés à estropier, autant qu'à impressionner. « Oh, et ceux-là, » a-t-elle ajouté en désignant une grande boîte sur le sofa, tout en essayant d'éviter de nous regarder dans les yeux.

Je me suis traînée vers la boîte. Lentement. La robe était si encombrante et si chaude que j'avais l'impression d'avoir été enroulée dans des chaufferettes électriques couvertes de feuilles de plastique.

La boîte. Je n'ai pas du tout été étonnée de voir qu'elle contenait des choses que nous devions porter sur la tête, des couronnes de plastique (comme des mini hula-hoops) couvertes de fausses fleurs noires et blanches avec de longs rubans qui pendaient sur le dos.

« Tue-moi, tout de suite, » a grommelé Shelley traversant le living en titubant jusqu'au miroir le plus proche. Même Shelley, la Déesse de la Mode, ne pouvait pas marcher convenablement dans des talons si hauts.

J'ai jeté un coup d'œil vers Grand-maman. Elle était assise sur le sofa avec deux chats blottis sur ses genoux, en train de boire du thé à petites gorgées et de nous regarder d'un air amusé.

Grand-maman était intelligente et amusante, en bonne santé et terriblement habile aux échecs. Cependant, je m'étais emballée pour le projet de la mettre dans une maison de retraite. Et pourquoi ? Parce qu'elle amassait trop de choses et nettoyait trop peu. La belle affaire ! À en juger par les habits monstrueux que je portais, c'est Tante Gay celle qui perdait la boule et devait être flanquée dans une maison de retraite. Il était temps de mettre les choses en règle. Je pourrais toujours aller au camp une autre année.

Tout à coup, on a frappé fort à la porte. J'ai levé la tête à temps pour voir entrer Clyde junior, le superbe, l'époustouflant Clyde junior. Il portait un des gros chats pelucheux de Grand-maman et il arborait son superbe grand sourire.

« Est-ce que vous avez perdu un des sept nains hier so... » C'était comme si quelqu'un avait poussé sur le bouton Pause de la télécommande. Clyde restait là, figé sur place et le regard fixe. Seuls ses sourcils bougeaient. Ils tremblaient, comme s'ils voulaient absolument s'envoler de son front pour exprimer leur immense inquiétude.

« Vous avez l'air... euh, vous, vous avez... vous... Voilà votre chat ! » Et là-dessus, l'homme que j'allais devoir accompagner à l'autel dans moins de cinq heures, a déposé l'animal grondeur et est sorti précipitamment à reculons, le regard absorbé par ses propres pieds comme s'il ne les avait jamais vus.

« Es-ce qu'on va à l'église maintenant ? » a demandé Édouard qui s'efforçait de prendre un air sérieux. Essayant si fort, en fait, que ça lui donnait l'air constipé. Après une rapide séance de brossage de cheveux et de maquillage, il n'y avait pas moyen d'y échapper.

« Ouvre la marche, petit morveux, » a grommelé Shelley comme nous sortions en titubant.

Sans un mot, nous sommes montés dans la voiture de Grand-maman. C'était une petite voiture et nos robes étaient bouffantes. Si bouffantes, en fait, que la tête d'Édouard était la seule partie de son corps qu'on pouvait voir au-dessus de l'océan de fleurs noires et blanches dans le siège arrière. C'était un long trajet silencieux.

« Bon Dieu, elle recommence, » a dit tout bas Grand-maman en descendant de voiture à l'église. Nous pouvions déjà entendre crier Tante Gay à l'intérieur.

« Est-ce que je peux aller explorer ? » a demandé Édouard.

« D'accord, mais ne te salis pas, » a murmuré Maman en essayant pour la énième fois de remonter le devant de sa robe suffisamment pour cacher son soutien-gorge.

Nous sommes entrées à l'église en chancelant et immédiatement dans un tourbillon de tension. Une demi-douzaine de gens que je n'avais jamais rencontrés couraient dans tous les sens pour exécuter les ordres que leur criait la mariée. Et la gueularde de mariée ? Elle, elle était juchée sur une chaise au milieu du vestibule, avec deux femmes accroupies à hauteur de ses chevilles, s'acharnant à ourler sa robe de mariée.

Oh, mon Dieu, sa robe… difficile à croire, mais Tante Gay avait réussi à surpasser tout ce que je lui avais vu porter jusqu'alors. Sa robe de mariée avait certainement été conçue selon le même modèle que les nôtres. Elle était juste aussi longue, juste aussi bouffante et avait juste la même encolure. Mais ses fleurs luisantes, à elle, étaient toutes blanches. Un blanc aveuglant, choquant. Elle avait l'air d'un zèbre albinos, un zèbre albinos qui met du rouge à lèvres rouge sang et qui crie contre tous les gens qui la regardent dans les yeux, ainsi que contre ceux qui s'efforcent de ne pas la regarder dans les yeux.

« Vous êtes en retard, » a-t-elle dit sèchement, en descendant de la chaise. « Allez voir Edith, elle va vous coiffer. »

« Edith ? Qui est Edith ? » a chuchoté Shelley pendant que nous filions dans le couloir. « Et qu'est-ce qu'elle va faire à nos cheveux ? »

« Vous ne voudrez sans doute pas savoir, » a dit Grand-maman en partant de son pas lourd avec des cierges plein les bras.

Un quart d'heure plus tard, nous le savions. Edith, qui était si vieille que ses mains tremblaient de façon incontrôlable, avait reçu l'ordre de la mariée gueularde de nous faire des « up-dos ».

D'abord elle a couvert nos cheveux de laque à usage industriel, le genre qui durcit comme un casque certifié de motocycliste si vous en mettez une couche suffisamment épaisse. Ensuite elle les a brossés vers le haut, a roulé les mèches collantes en petites boucles serrées et enfoncé les sortes de couronnes et rubans à fleurs sur le tout. Nous avions été laquées.

« C'est le jour le plus moche de ma vie, » a grommelé Shelley en grattant des cheveux collés à ses joues. « Je ne peux plus continuer. »

J'ai approuvé de la tête. J'ai essayé, en tout cas ; il y avait tant de laque sur mon cou que je pouvais sentir la peau s'étirer chaque fois que je bougeais la tête.

« Je suis d'accord avec Shelley. C'est dégoûtant, » ai-je dit, prouvant que les gens s'entendent en cas de désastre.

Tout à coup, Maman, comme un zèbre enragé, s'en est prise à nous : « J'ai payé quatre billets d'avion, j'ai pris congé, j'ai fait tout le trajet jusqu'ici et je me suis affublée de cet ensemble hideux. Vous participerez à ce damné mariage, est-ce bien compris ? »

« Maman… » C'était Édouard. Il était entré dans la pièce à fond de train et il tirait sur la manche fleurie de Maman.

« Et vous ferez comme si vous étiez contents, » a-t-elle dit, ne faisant pas attention au gamin en smoking.

« Maman... » Il tire encore.

« Et vous arrêterez de vous plaindre de ces habits stupides. Si je dois les supporter, vous ferez fichtrement bien de les supporter aussi. » Maman essayait de nous adresser un regard mauvais, mais, vu les mains tremblantes d'Edith, son front était enduit d'autant de laque que ma nuque.

« Maman... » Édouard commençait à m'agacer, moi aussi, et ce n'était même pas mon bras.

Boum... Pan...

L'explosion a fait vibrer les fenêtres. Ensuite les lumières se sont éteintes et nous étions plongés dans une sorte d'obscurité colorée qu'on n'obtient que lorsque le soleil pénètre à travers des vitraux.

De sa meilleure voix qui se veut être calme, Maman a demandé : « Édouard, qu'est-ce que tu as fait ? »

Il a répondu : « Je... Je crois que j'ai mis le feu à l'église. »

Chapitre 13

Alors, c'est pour ça qu'on l'appelle Charlie le Sournois

« Je voulais essayer d'allumer la chaudière, c'est une vieille dans laquelle on peut voir la flamme dans le foyer, » a expliqué Édouard pendant que les aides de Tante Gay sortaient de l'église tant bien que mal par la porte d'entrée. « Je n'arrivais pas à l'allumer, alors j'ai poussé le bouton de redémarrage. C'est à ce moment-là que je me suis rendu compte que la cheminée était déjà remplie de mazout, ce qui généralement déclenche une vraiment grosse explosion. »

Généralement, oui… ; mais il n'a pas fallu longtemps pour comprendre qu'Édouard n'avait pas vraiment mis le feu à l'église. L'explosion avait été impressionnante, mais tout ce qu'elle avait provoqué était que le tableau électrique était tombé du mur du sous-sol. Il ferait noir jusqu'à ce qu'un électricien vienne remettre le tableau, mais au moins, il n'y avait pas eu de blessé. En fin de compte, ce n'était pas grand-chose.

« Ça, c'est la pire journée de ma vie, » a crié Tante Gay, faisant rouler les yeux de Maman et de Grand-maman. Elle s'était changée et portait le peignoir orange vif et les pantoufles qu'elle portait le soir où elle nous avait découverts dans son arbre, et ses cheveux étaient pleins des mêmes gros rouleaux. Elle était aussi affreuse maintenant qu'avant.

« Ne te mets pas dans tous tes états, » a dit Grand-maman. « Tu m'as fait acheter ces stupides cierges, nous pourrons faire un mariage aux chandelles. »

« Et on peut faire pipi dans les buissons comme quand on va camper, » a ajouté Édouard.

Il est fort possible que, pour la millionième fois de sa vie, tous les regards se sont tournés vers Édouard.

« Ben… Je veux dire… vous voyez, nous sommes en pleine campagne, de sorte que l'église doit recevoir son eau d'un puits, » a dit Édouard qui se tortillait un peu à mesure qu'il se rendait compte de l'énormité de ce qu'il venait de dire. « La pompe du puits marche à l'électricité, donc les toilettes et les lavabos ne marcheront pas tant que le tableau électrique ne sera pas réparé. »

« Celle-ci est bien la journée la plus terrible de ma vie, » a crié Tante Gay à sa manière théâtrale. « Encore une fois. Et toi, tu es le plus vilain petit… »

Je ne tiens pas à répéter tout ce qu'elle a dit. Pour résumer : le mariage allait être un pitoyable four, c'était notre faute à tous, et nous irions en enfer comme punition. Je paraphrase, mais c'est l'essentiel de ce qu'elle a dit.

À vrai dire, c'était un peu dur, mais le fait qu'elle avait du rouge à lèvres sur les dents, des taches d'herbe à ses pantoufles et qu'elle se tenait juste à côté d'une bouse de vache a réduit le mordant de ses insultes.

Toujours en poussant des cris, Tante Gay a guidé les invités réticents dans l'église, pendant que Maman et Grand-maman ont filé chercher des allumettes. Bientôt, Shelley et moi étions les seules dehors.

J'ai porté mon regard sur les calmes champs de vaches qui paissaient tranquillement. Charlie le Sournois était là le dos tourné, à peu près à 60 mètres, regardant au loin et ruminant d'un air satisfait. Le spectacle était si paisible que j'ai senti mes épaules se détendre.

Shelley a dit : « Il faut que je pisse. » Encore une fois, elle avait rompu le charme.

« Tu n'avais pas besoin il y a quelques minutes, » ai-je marmonné.

« Eh bien, j'en ai besoin maintenant. »

« Tout cela est dans ta tête, tu sais. Tu as besoin seulement parce que tu sais que les toilettes ne marchent pas. Va pisser dans un buisson. »

« Viens avec moi. Je ne veux pas aller là-bas toute seule. » Shelley a retroussé sa robe et s'est dirigée vers le bouquet d'arbres le plus proche.

« De quoi as-tu peur ? Les vaches sont des herbivores, elles ne mangent pas les zèbres. » Franchement, je pensais que c'était assez spirituel, mais Shelley m'a lancé un regard froid et a continué à marcher. J'ai regardé le champ boueux. Charlie le Sournois était à quelque 50 mètres, chassant paresseusement des mouches avec sa queue.

J'ai soupiré et relevé le bord de ma robe. C'était un fameux trajet jusqu'aux arbres, pas en ce qui concerne la distance, mais en termes d'efforts. Nos talons et les robes bouffantes étaient difficiles à relever, mais on ne pouvait pas les laisser traîner à même le sol, bien sûr, sinon elles finiraient par avoir des traces de boue et de bouse.

Quand nous avons enfin atteint la longue rangée d'arbres, je me suis appuyée contre le premier, tandis que Shelley inspectait tous les autres cherchant celui qui serait parfait pour pisser derrière, je suppose.

« Vas y donc, » ai-je dit en regardant dans le champ. Charlie le Sournois était à 15 mètres, toujours ruminant distraitement, toujours contemplant son harem de vaches.

« Fiche-moi la paix, Monica. Bon sang. »

« T'as un problème ou quoi ? » ai-je demandé.

« J'ai besoin que tu me laisses tranquille avec tes critiques et tes plaintes. J'ai besoin d'une pause. »

Je suis restée là à regarder Shelley qui essayait de relever sa robe assez haut pour s'accroupir et faire pipi. Elle avait besoin que je la laisse tranquille. Elle, elle avait besoin que moi, je la laisse tranquille ?

Shelley m'a regardé d'un œil mauvais. « Tu n'es pas exactement la compagne rêvée, tu sais. Tu es toujours en train de porter des jugements. Tu pourrais y aller plus doucement. Beaucoup plus, en réalité. »

Hem ! Elle a besoin que moi, je la laisse tranquille.

Soudain, j'ai senti un tiraillement. « Oh, bon sang, maintenant c'est moi qui ai besoin. » Je me suis mise derrière un arbre et j'ai retroussé ma robe.

« Tout cela est dans ta tête, tu sais, » a dit Shelley de sa voix la plus snob. « Tu as besoin seulement parce que tu sais que les toilettes ne marchent pas. »

Je l'ai visée du regard, essayant de ne pas penser à la stupidité de notre situation, deux filles aux frisettes raides trempées de laque, avec des robes énormes retroussées jusqu'à la ceinture et des slips enroulés autour des chevilles, accroupies pour éviter de pisser sur nos souliers à haut talon.

Je venais de remonter mon slip quand j'ai senti la terre trembler. Puis quelque chose m'a cognée. Fort. Je ne me souviens plus si mes pieds ont quitté le sol, mais je me souviens d'avoir atterri, puis glissé, la tête la première, dans une flaque de boue. Puis j'ai senti des douleurs lancinantes dans le côté.

Shelley a crié : « Monica, fais attention ! » Un peu tard, il m'a semblé.

J'ai levé la tête juste à temps pour voir Charlie le Sournois se penchant sur moi. Avant que je me remette sur mes jambes, il a léché le côté de mon visage de son énorme langue de papier de verre et il a commencé à mâcher bruyamment les fausses fleurs dans mes cheveux.

Je lui aurais volontiers laissé toute la décoration florale de ma tête, mais Edith l'avait maintenue en place avec au moins vingt pinces à cheveux ; si Charlie le Sournois tirait dessus, il prendrait tous mes cheveux avec.

« Shelley, fais quelque chose ! » J'ai essayé de ramper à reculons dans la boue. Pas de bol ! Charlie le Sournois avait happé la plupart de mes frisettes dans sa gueule avec les fleurs.

Soudain, il a grogné fortement et a lâché. Comme je me relevais d'un coup, j'ai vu un éclair de cheveux foncés. Clyde junior ! Il avait attrapé Charlie le Sournois par l'anneau de son nez et il l'écartait de moi en lui tordant la tête. Et d'un coup de pied magistral, Clyde a persuadé la bête de s'éloigner lourdement.

Shelley a dit : « Oh, Monica, tu es vachement amochée. »

Ce n'était pas délicat, mais c'était vrai. Mes genoux, coudes et côtes étaient contusionnés. Ma robe était éclaboussée de boue et, d'après ce que je pouvais voir de mes rubans effilochés et pendants, la garniture florale de ma tête était fichue également. J'ai doucement tapoté mes cheveux et j'ai gémi. Charlie le Sournois avait mutilé l'œuvre artistique d'Edith ; de longues mèches collantes se déployaient comme les plumes d'un paon. Clyde regardait fixement, son expression passant de l'amusement à l'inquiétude, pendant que je cherchais quelque chose à dire.

« Euh… Merci. » J'essayais de ne pas tressaillir en touchant mes côtes. « Il m'a vraiment cloué sur place. »

« C'est pourquoi on l'appelle Charlie le Sournois. Il aime

s'approcher de quelqu'un sans faire de bruit. » Clyde a réprimé un sourire en regardant le taureau du coin de l'œil.

Charlie le Sournois nous a observés calmement en léchant des pétales sur ses lèvres.

Clyde a dit : « Vous aurez une bien bonne histoire à raconter aux autres invités du mariage. »

Le mariage ! Un rapide coup d'œil à ma montre m'a dit que j'étais condamnée : il était déjà 12h30 et le mariage devait commencer à 1 heure. Il faudrait un miracle pour que je puisse me nettoyer à temps.

Encore une fois, Shelley et moi avons retroussé nos robes pour traverser le champ. Mais cette fois-ci, nous nous sommes dandinées comme des canards aussi vite que nous le permettaient nos talons pointus, avec de la boue qui éclaboussait dangereusement l'ourlet de nos jupes.

« Elle va te faire un fameux passage à tabac, tu sais, » a dit Shelley en haletant. « Ça sera le comble ! »

« Tout est toujours le comble pour elle, » ai-je grommelé pendant que nous entrions à l'église d'un pas chancelant. « Clyde, est-ce que vous avez où sont les toilettes ? »

Shelley a tapé du pied sur le paillasson, lançant des mottes de boue dans tout le hall d'entrée. Moi, je n'ai même pas essayé, mes souliers étaient plaqués de l'eau boueuse venant de la flaque dans laquelle j'avais glissé.

« Suivez-moi. » Clyde est descendu bruyamment au sous-sol dans la pénombre, puis tout aussi vite et bruyamment, il est remonté. « Attendez… »

Moins d'une minute plus tard, il est revenu, cette fois-ci avec une lampe de poche.

« Maintenant, suivez-moi ! »

Nous sommes descendues en titubant et en suivant la lueur jaune de la lampe de poche. À la porte des toilettes, Clyde s'est arrêté et m'a passé la lampe. « Bonne chance, » a-t-il dit.

Shelley a marmonné : « Il lui faudra autre chose que de la chance. »

Je me suis précipitée dans les toilettes et j'ai ouvert le robinet. Bien entendu, je me doutais bien qu'il ne marcherait pas ; j'étais presque sûre qu'il était absolument certain qu'il ne marcherait pas. Mais ce n'est que quand j'ai vu qu'il ne marcherait pas — j'ai vu le robinet crachoter puis se taire — que j'ai su que ma marche en enfer était terminée.

« Eh bien, voilà, ça y est, alors. » Shelley s'est appuyée contre le mur. « Tu es foutue. »

Je suis restée là à regarder le robinet inutile, mon cœur lourd et mon estomac serré. C'était ma dernière chance de faire quelque chose pour aider Grand-maman. C'était ma dernière chance de réparer le pétrin que j'avais… enfin… non pas causé, mais dans lequel je m'étais mise et que j'avais rendu pire. C'était ma dernière chance de faire quelque chose pour aider Grand-maman, sans être égoïste et encline à juger. Il fallait que j'aie l'air d'être normale, au moins aussi normale que le permettaient les circonstances, pour y aller et faire quelque chose.

Tout à coup, j'ai eu une idée. Une idée dégoûtante, hideuse, nauséabonde. Une idée

J'ai passé la lampe à Shelley. « Éclaire le w-c, » ai-je dit en poussant un long soupir, peut-être mon dernier, et en me dirigeant vers la vieille relique, fêlée, rouillée.

« Mais ! Qu'est-ce que tu fais ? » a demandé Shelley en me suivant avec la lumière.

Je n'ai pas répondu, je ne pouvais pas, en fait, parce que je retenais ma respiration. J'ai enlevé le couvercle du réservoir arrière et j'ai regardé dedans. De l'eau. De l'eau de toilette. Je déteste l'eau de toilette.

« Je vais me laver la figure, le cou et les mains, gratter la boue de ces souliers et ensuite arranger mes cheveux. »

Je ne disais pas ça tout haut pour convaincre Shelley, c'était pour me convaincre, moi, que je disais ça tout haut. Pour autant que je m'en souvienne, j'ai toujours fait les choses comme il faut, bien propres, organisées et soignées. Eh bien, c'était le moment de faire ce qu'il faut, même si cela voulait dire une fameuse dose de beurk. Et il s'agissait bien, je dois dire, d'une fameuse dose de beurk.

« C'est dégoûtant. Ne t'avise pas de faire ça ! »

« Ce n'est pas dégoûtant, » ai-je dit, encore une fois essayant de me convaincre moi-même plutôt qu'elle. « Cette eau-ci est propre, elle n'est pas passée par la cuvette, pas encore. »

« Elle est dans le w-c, idiote, » a-t-elle dit d'un ton brusque. « C'est de l'eau de w-c. »

J'ai poussé un soupir. « Alors, aujourd'hui je me lave la figure dans le w-c. »

J'ai empoigné sur le dessus de l'armoire le savon desséché et fendu et je l'ai plongé dans le réservoir (l'eau était affreusement froide).

Ensuite, mes yeux et mes lèvres fermés si fort que même des molécules d'oxygène n'auraient pas pu s'y faufiler, j'ai aspergé ma figure et mon cou, et commencé à frotter.

« Oh, Monica ! C'est dégoûtant ! » a crié Shelley, en trépignant, me laissant dans le noir, quand le faible faisceau de lumière se réverbérait sur le plafond ou les murs.

« C'est toi qui es stupide, » ai-je répondu brusquement. « C'est la même eau qui sort par le robinet. » Ce qui était vrai, mais je devais toujours résister à l'envie de vomir quand j'enlevais la boue de mes lèvres.

« Suis-moi avec la lumière. » J'allais vers le miroir. « Il faut que j'arrange mes cheveux. »

À vrai dire, je ne pouvais pas y faire grand-chose. Charlie le Sournois avait complètement défait les boucles en les suçant, et il avait mâché au moins la moitié des fausses fleurs et des rubans de la décoration hawaïenne.

Mais mes cheveux étaient maintenant trempés de salive de taureau qui s'est montrée presqu'aussi forte que la laque. J'ai vite relevé mes cheveux en les malaxant et je les ai tournés en un petit chignon serré, puis utilisé les pinces à cheveux d'Edith pour le tenir en place, et j'ai remis par-dessus ce qu'il restait de la coiffe.

Quand nous sommes sorties de la salle de bains, Clyde nous attendait. Il a pris la lampe de poche et l'a dirigée sur moi, me toisant calmement.

« Est-ce qu'elle n'a pas l'air ridicule ? » a demandé Shelley en se penchant vers Clyde, prouvant encore une fois que j'aurais été infiniment plus heureuse comme enfant unique.

« Eh bien, personne n'est parfait, » a-t-il dit enfin. « Mais Monica est toujours la plus jolie fille de la ville, et elle a beaucoup plus de classe que n'importe qui à ce ridicule mariage. » Prouvant, encore une fois, qu'il était l'homme que j'étais destinée à épouser.

Shelley est montée rageusement et Clyde et moi l'avons suivie lentement. Mon estomac sautait à son propre rythme avec un paquet écœurant de papillons, de nœuds et de nourriture à moitié digérées.

Malgré les cierges allumés, l'église était miteuse et sombre. Peut-être, juste peut-être, personne ne verrait que mes yeux étaient barbouillés de mascara, mes souliers étaient ruinés, ma robe était couverte de boue et mes cheveux étaient maintenus en place avec de la salive de taureau. Je pouvais toujours espérer.

L'organiste a commencé à jouer la marche nuptiale et nous nous sommes vite placés deux par deux (moi avec Clyde, Shelley avec le Garçon à Boutons et Maman avec Édouard). Comme on pouvait s'y attendre, il y a eu pas mal de cognements d'épaules et d'écrasements d'orteils, vu que Maman, Édouard et le Garçon à Boutons me suivaient du regard intensément, au lieu de suivre le trajet qu'ils devaient suivre.

« J'ai été attaquée par un taureau, » ai-je dit tout bas, espérant faire taire leur multitude de questions avant que nous allions à l'autel.

Grâce à l'obscurité lugubre de l'église, j'ai atteint l'autel sans attirer trop de regards de travers de la part des invités. En fait, ayant vu nos énormes robes de zèbres, la plupart des regards ont filé vers l'arrière de l'église, sans doute espérant voir quel affreux modèle la mariée avait choisi pour son accoutrement.

Tante Gay a fait son entrée de son pas lourd et bruyant dans sa massive robe de zèbre albinos. D'un regard calme, elle a fait le tour de l'église, souriant gentiment à ses invités tout en avançant lentement vers l'autel au bras de son futur.

Mais quand elle m'a aperçu, elle a changé d'expression. Son regard est descendu et remonté rapidement de mes cheveux jusqu'à mes pieds, puis il s'est fixé sur mes yeux, pour les perforer comme par de toutes petites torpilles.

Et à l'instant même où elle a atteint l'autel, ça a commencé : « Comment diable as-tu pu te faire amocher comme ça ? » a-t-elle sifflé. « N'en as-tu pas déjà fait assez pour gâter mon grand jour ? » Elle souriait toujours, les gens prenaient des photos, vous voyez, mais ses paroles vomissaient de l'acide.

J'ai dit tout bas : « J'ai été attaquée par un taureau derrière l'église. »

« Un taureau… foutaise ! » a-t-elle murmuré toujours souriante. « Vous l'avez fait exprès. Vous êtes des petits trolls diaboliques. »

Elle rageait à plein. Elle était tellement en rogne, en fait, que même le prêtre avait l'air inquiet. Au lieu de s'arrêter constamment pour vérifier que nous nous levions et asseyions et tendions le bras et je ne sais quoi d'autre au bon moment, il a récité tout le baratin à une allure inquiétante.

Le mariage n'a duré que la moitié du temps qu'avait pris la

répétition, et bientôt nous pouvions observer le pauvre Hubert embrasser la mariée en colère, un spectacle qui me donnera des cauchemars pendant des années.

Tante Gay avait prévu une séance de prise de photos à l'extérieur, et quelques minutes après que la foule s'était déversée au grand soleil, tous les regards étaient braqués sur moi, et tous les sourcils frémissaient de questions.

« O.K., racontez-nous ça, » a demandé un invité. « Dans quel flaque de boue êtes-vous allée jouer ? »

Tante Gay a dit, de sa voix la plus douce : « Oh, Monica a été attaquée par un taureau. Est-ce qu'elle n'était pas courageuse de se joindre à nous après une si effrayante aventure ? »

Perplexe, j'ai jeté un coup d'œil à Grand-maman.

Grand-maman a vu la confusion dans mon regard et s'est approchée. « Pour la vieille bique, il n'y a que les apparences qui comptent, » a-t-elle chuchoté. « Il faut qu'elle ait bel air devant ses amis. »

J'ai senti la chair de poule dans ma nuque. C'était l'occasion pour moi. Il fallait que je la saisisse.

« Euh, j'aimerais faire une communication, » ai-je dit de la voix la plus forte possible. Mon cœur palpitait si fort qu'il semblait s'arrêter de temps en temps.

« Monica ? » Les yeux de Tante Gay foraient des trous dans mon cerveau comme des torpilles. « Est-ce que tu es sûre d'être à la hauteur de parler maintenant ? »

« Oui, je veux faire une annonce. » Toute tremblante, j'ai respiré profondément.

« J'aimerais remercier Tante Gay d'aider Grand-maman à résoudre son grave… problème. » Mon cerveau filait à toute allure pendant que je cherchais ce que j'allais dire ensuite. « Je voudrais la remercier d'aider Grand-maman à rester dans sa belle maison, au lieu de déménager dans une maison de retraite. »

Tante Gay est restée figée sur place. Seuls ses yeux bougeaient, passant rapidement entre moi et sa foule d'invités. Si elle avait pu me tuer là tout de suite, je suis sûre qu'elle l'aurait fait. J'ai respiré longuement encore une fois.

« Elle a aidé Grand-maman à trier ses affaires et à s'organiser. Elle a même offert de nettoyer la maison de Grand-maman de fond en comble avant de partir faire son voyage de noces. Grâce à elle, Grand-maman va pouvoir vivre seule sans problèmes. »

On a entendu fuser des oh ! et des ah ! de la part des amis et parents de Tante Gay qui ont applaudi avec enthousiasme. Maman, Shelley et Grand-maman étaient là muettes d'étonnement et de stupéfaction.

Tante Gay, avec un faible sourire, aussi faible que lui permettaient ses lèvres enflées par le collagène, a approuvé d'un hochement de tête adressé à la foule.

« Je suis ravie d'aider ma chère sœur, » a-t-elle dit. Puis elle s'est tournée vers moi pour dire tout bas : « Et je serai ravie de tordre ton petit cou décharné quand je t'aurai à moi toute seule, » toujours avec le sourire, bien sûr.

EPILOGUE

Eh bien, Tante Gay n'a jamais eu l'occasion de tordre mon petit cou décharné. Ça lui a pris trois jours entiers pour nettoyer à fond cette vieille maison qui était petite, mais pleine comme un manoir de poussière et de toiles d'araignée.

Elle n'a pas pu y échapper, non plus, parce que ses amis passaient de temps en temps voir comment les choses avançaient. C'était la première fois que je la voyais en pantalons, et j'espère que c'était la dernière (il y a des gens qui ne devraient jamais porter de leggings).

Une fois le nettoyage terminé, Hubert a vivement emmené Tante Gay faire leur voyage de noces de huit jours à Paris (où, paraît-il, elle a terrorisé le personnel de l'hôtel et s'est plainte sans arrêt du service dans les restaurants).

Nous avons passé encore quelques jours avec Grand-maman avant de rentrer. Comme si les dîners au curry n'étaient pas assez de drame culinaire cet été, Grand-maman nous a, par ruse, fait essayer le boudin (« *blood pudding* » au goût aussi mauvais que le son) et le crapaud dans un trou (dont le goût est aussi bon que le son).

Clyde junior et moi nous sommes promis de rester en contact et nous pratiquons pas mal le Facebook. Il se peut qu'à la fin je ne l'épouse pas, mais il reste définitivement mon projet de sauvegarde si je n'ai pas trouvé un gars aussi parfait que lui au jour de mon vingtième anniversaire.

Oh, finalement je suis allée au camp scientifique, bien que j'aie raté complètement (et exprès) l'occasion de mettre Grand-maman dans une maison de retraite. « Tu as réglé cette pagaïe et Tante Gay a cessé de nous engueuler, » a dit Maman. « Ça me suffira. »

Autrement, tout est redevenu à peu près normal. Déjà hier, la vieille Madame Frieson frappait du poing à notre porte en criant qu'Édouard lui faisait des grimaces de la fenêtre de la salle de bains.

Je suis montée voir et, ça n'a pas manqué, il était là avec son foulard à pois, debout sur le w-c, penchant sa petite poitrine maigrelette à la fenêtre. Et, bien entendu, il était nu.

A message from the author:

If you enjoyed *Le Jour où je me suis lavé la figure dans la cuvette*, I'd be incredibly grateful if you posted a quick review on Amazon. Even a review of only a few sentences is a great help! And if you have any questions, you can reach me at **brenda@brendakearns.com**. Thank you!

www.ingramcontent.com/pod-product-compliance
Lightning Source LLC
LaVergne TN
LVHW101944220826
846093LV00006B/107

* 9 7 8 1 9 2 7 7 1 1 0 6 4 *